KB114526

고검독보

고검독보 6

천성민 新무협 판타지 소설

초판 1쇄 찍은 날 § 2017년 5월 2일
초판 1쇄 펴낸 날 § 2017년 5월 9일

지은이 § 천성민
펴낸이 § 서경석

편집책임 § 이지연

펴낸곳 § 도서출판 청어람
등록번호 § 제387-1999-000006호
등록일자 § 1999. 5. 31
어람번호 § 제2-2706호

주소 § 경기도 부천시 부일로 483번길 40 서경B/D 3F (우) 14640
전화 § 032-656-4452 팩스 § 032-656-4453
http://www.chungeoram.com
E-mail § chungeorambook@daum.net

© 천성민, 2016

ISBN 979-11-04-91315-0 04810
ISBN 979-11-04-91053-1 (세트)

※ 파본은 구입하신 서점에서 교환하여 드립니다.
※ 저자와 협의하여 인지를 붙이지 않습니다.
※ 이 책은 도서출판 청어람과 저작자의 계약에 의해 출판된 것이므로,
무단 전재 및 유포·공유를 금합니다.

도서출판 청어람

目次

고검독보

第一章
정체불명의 낭인

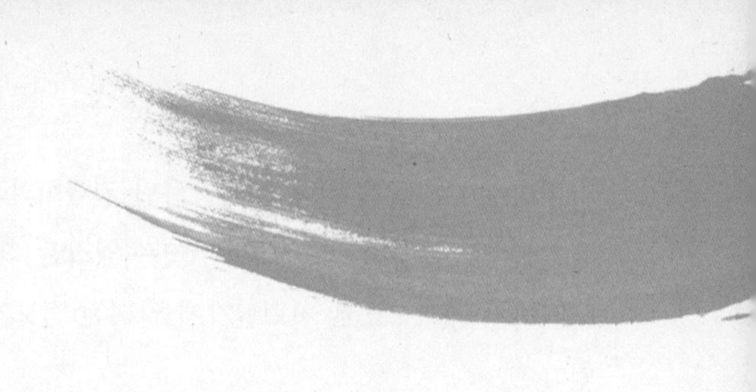

"거참! 일이 생기면 조용히 처리할 것이지 아주 그냥 거창하게 터뜨리셨구만."

남궁사혁은 구시렁대며 한숨을 푹 내쉬었다. 바로 반각 전에 사진량에게서 전해진 소식 때문이었다. 개방의 비밀 연락망을 통해 전해진 서신에는 냉혈가에서 벌어진 일의 자초지종(自初至終)이 상세하게 쓰여 있었다.

은밀히 다녀도 모자랄 판에 아예 대놓고 일을 벌이고 다닌 것이 기가 막힐 따름이었다. 남궁사혁은 거푸 한숨을 내쉬었다.

천뢰일가에 미칠 여파를 생각하면 긴급회의라도 열어 대책을 의논해 보아야 할 중대한 사안이었지만 그럴 수 없었다. 아직까지 공식적으로 천뢰일가에 알려진 정보가 없기 때문이었다.

남궁사혁 자신이 나서서 긴급회의를 열게 되면 정보의 출처를 얼버무릴 수가 없을 것이다. 결국 사진량이 비밀리에 외유를 나선 것을 양지하가 알게 될 것이고, 그동안 자신을 속여 온 남궁사혁에게 크게 실망하게 될 것이 뻔했다.

선불리 나서기보다는 조금만 더 상황을 지켜보는 것이 좋을 것 같았다. 사진량이 꽤나 크게 일을 벌였으니 천뢰일가의 정보망이 금세 소식을 전해올 것이다. 그게 아니라면 개방에서라도 급전을 보낼 터. 굳이 남궁사혁이 먼저 아는 체하며 나서지 않아도 상황이 악화될 일은 없을 것이다.

그렇게 생각한 남궁사혁은 이내 사진량의 서신을 삼매진화의 수법으로 태워 버렸다.

화르륵!

손끝에서 일어난 불길이 순식간에 서신을 재로 만들어 버렸다. 손에 남은 재를 털어버리며 천천히 몸을 일으키려던 남궁사혁은 빠른 속도로 다가오는 인기척을 느끼고는 다시 자리에 앉았다.

벌컥 문을 열고 안으로 들어오는 것은 예상대로 장일소였다. 소식을 듣자마자 곧장 달려온 것인지 장일소는 붉게 달아 오른 얼굴로 거친 숨을 몰아쉬고 있었다.

"오셨습니까, 장노?"

"허억! 아, 알고 계십니까?"

숨을 고르지도 않은 채 장일소가 질문을 던졌다. 남궁사혁은 대답 대신 가만히 고개를 끄덕였다. 장일소는 워낙 꽉 쥐고 있어서 완전히 구겨져 버린 서신을 한 손에 들고 있었다. 흘낏 보니 천뢰일가의 문장, 뇌전 문양이 그려져 있었다.

아무래도 천뢰일가의 공식 정보망을 통해 냉혈가의 소식이 전해진 것 같았다. 그렇다면 지금처럼 모른 척하고 있을 수는 없는 일이었다. 그래도 혹시 모를 일이라 남궁사혁은 장일소에게 물었다.

"내부 정보망으로 전해진 소식이겠지요, 장노?"

"그, 그렇습니다."

이미 예상했던 대답에 남궁사혁은 가만히 고개를 끄덕였다. 천천히 몸을 일으킨 남궁사혁은 자못 진지한 얼굴로 조용히 입을 열었다.

"긴급회의를 소집합니다. 양 소저를 회의실로 모셔 오세요, 장노."

뇌신각의 대회의실.

한 번에 삼십 명이 앉을 수 있는 커다란 원탁에는 단 세 사람만이 앉아 있었다. 사진량의 얼굴을 본뜬 인피면구를 한 남궁사혁과 장일소, 그리고 양지하였다. 세 사람은 커다란 원탁에서 서로 일정한 간격을 두고 앉아 있었다.

이미 소식을 알고 있는 두 사람, 남궁사혁과 장일소는 가만히 양지하가 서신을 모두 읽기를 기다렸다. 천뢰일가의 내부 정보망을 통해 전해진 냉혈가의 소식은 제법 상세한 편이었다. 물론 직접 일을 벌인 사진량의 서신에 비하면 부족한 부분이 있기는 했지만, 상황을 파악하기에는 충분한 분량이었다.

양지하는 열 장이 넘게 빼곡히 쓰여 있는 서신을 한 글자도 빼놓지 않겠다는 듯 날카로운 눈빛을 한 채 천천히 읽어 내리고 있었다. 꽤나 놀랄 법도 한 소식이건만, 표정의 변화는 거의 없었다.

한 식경이 지나 서신을 모두 읽은 양지하는 깊은 한숨을 내쉬며 천천히 고개를 들었다.

"후우… 이거 정말 큰일이로군요. 냉혈가가 이렇게 무너지게 된다면……."

최악의 상황을 떠올리며 양지하는 질끈 아랫입술을 깨물었다. 아무리 본가와의 사이가 좋지 않다고 해도 천뢰일가의 일축을 맡고 있는 냉혈가였다. 냉혈가가 무너진다면 호시탐탐 중원 장악을 노리는 마도를 막아서는 방벽이 허물어지는 것과 마찬가지. 이대로 두고 볼 수만은 없는 노릇이다.

하지만 여력이 없었다.

냉혈가의 혼란을 바로잡기 위한 병력이 부족한 것이다. 무리를 한다면 병력을 소집할 수는 있었다. 하지만 믿고 신뢰할 수 있는 고수가 많지 않았다. 아니, 없는 것이나 마찬가지였다. 지금 이 자리에 있는 이들을 빼면 누구도 신뢰할 수 없었다.

게다가 대규모 병력을 차출한다면 정작 본가의 방어 태세가 급격하게 약화되고 만다. 때문에 본가에서 병력을 보내는 것 말고 다른 방법을 강구해야만 한다. 양지하는 입술을 깨문 채 생각에 잠겼다.

"아무래도 그냥 보고만 있을 수는 없는 노릇이니 무언가 대책을 강구해야 하지 않겠나?"

사진량의 얼굴을 한 남궁사혁이 특유의 무표정한 얼굴을 한 채로 물었다. 워낙에 깊이 생각에 잠겨 있던 탓에 양지하는 아무런 대답도 하지 않았다. 그 모습을 가만히 지켜보던 남궁사혁은 흘낏 장일소를 쳐다보았다.

"잠시 기다려 보시지요."

남궁사혁이 아닌 사진량을 대하는 극진한 태도로 장일소가 말했다. 남궁사혁은 양지하가 보이지 않게 살짝 입꼬리를 말아 올리며 고개를 끄덕였다.

일각 정도 시간이 지나자 그제야 생각에 잠겨 있던 양지하가 고개를 들고 천천히 입을 열기 시작했다.

"아무래도… 상황 수습을 위해 냉혈가에 병력을 보내는 것은 무리가 있을 것 같네요. 아시다시피 본가도 빠듯한 상황이니……."

"그러면 어떻게 하실 생각입니까?"

말꼬리를 흐리는 양지하의 모습에 장일소가 고개를 갸웃하며 물었다. 기다렸다는 듯 양지하의 대답이 곧장 이어졌다.

"가까이 있는 적혈가를 이용하는 수밖에 없을 것 같군요. 본가에는 병력의 여유가 없으니……. 냉혈가에도 남은 이들이 있을 테니 그리 많은 도움이 필요하지는 않을 겁니다."

"하지만 적혈가가 순순히 따를까요? 안 그래도 일전에 냉혈가에 영역을 빼앗길 뻔하지 않았습니까."

장일소의 물음에 양지하는 나직이 한숨을 내쉬며 대답했다.

"하아, 그렇긴 하지만 다른 방법이 없어요. 다른 봉신가의 도움을 바라기에는 여유가 없어요. 최대한 빨리 상황을 수습해 냉혈가를 안정시켜야 하니까요. 아니면… 다른 대안이라도 있나요?"

양지하는 가만히 남궁사혁을 쳐다보며 물었다. 가만히 두 사람의 이야기를 듣고 있던 남궁사혁은 가볍게 고개를 내저었다. 지금 상황에서는 양지하의 말대로 적혈가를 이용하는 수밖에 없었다.

"가주지령으로 적혈가에 서신을 보내도록 하지."

얼마 전까지의 천뢰일가였다면 아무리 가주지령이라 해도 제대로 먹히지 않았을 것이다. 하지만 가주 취임식에서 사진량이 압도적인 무위를 보인 데다, 당시 반란을 일으킨 네 봉신가주의 내공에 금제까지 가하지 않았던가. 아무리 적혈가주 녹음풍의 야망이 사라지지 않았다 해도 내공에 금제를 당한 지금 상황에서 가주지령이 내려진다면 쉽사리 딴마음을 품지 못할 것이다.

사진량의 조용한 음성에 양지하는 가만히 고개를 끄덕였다. 그러다 퍼뜩 무언가 떠올린 듯 고개를 들어 사진량을 쳐다보며 입을 열었다.

"그런데… 좀 이상하군요."

"무어가 말입니까?"

"일개 낭인이 모든 상황을 종식시켰다는 건 말도 안 되지 않나요? 그것도 냉혈가에서 고용한 낭인 중 하나가 냉혈가주를 제압했다니……."

"낭인 중에도 제 무공을 숨기고 있는 자들이 많이 있을 겝니다. 그런 자가 우연히도 냉혈가에 고용된 것이겠지요."

오랜 세월 중원을 떠돌아다닌 장일소의 말이었다. 일리가 있긴 했지만 그래도 미심쩍기만 했다.

양지하는 날카로운 눈빛으로 남궁사혁과 장일소를 번갈아 쳐다보았다.

"흐음, 그런가요……?"

"나도 중원에서는 낭인이나 마찬가지였다."

남궁사혁은 아무렇지도 않게 양지하의 눈빛을 받아넘기며 조용히 말했다. 평소와 마찬가지로 완벽한 사진량의 연기를 하고 있는 남궁사혁과는 달리 장일소는 자신을 향한 양지하의 눈빛을 슬쩍 피했다.

"그 부분은 좀 더 자세히 알아보도록 하겠습니다. 시간이 좀 더 필요하겠지요."

"최대한 빨리 알아내세요. 어쩌면 그 낭인의 정체가 본가를 크게 뒤흔들지도 모르는 일이니까요."

그 말에 장일소는 대답 대신 고개를 끄덕였다. 그러면서 흘끗 남궁사혁을 쳐다보았다. 남궁사혁은 여전히 아무렇지도 않은 무표정한 얼굴을 한 채 양지하를 쳐다보고 있었다. 남궁사혁이 조용히 입을 열었다.

"냉혈가의 일은 그렇게 처리하는 것으로 하지. 그 외에 다른 소식은 없나?"

"아! 본가 주위에서 벌어지는 일과 연관이 있을지도 모르는 내용을 비밀 서고에서 발견했어요. 고어로 쓰여 있어서 초반부밖에 해석하지 못했지만 그것만으로도 어느 정도의 관련성은 확인할 수 있었어요."

남궁사혁의 질문에 양지하가 잊고 있던 사실을 퍼뜩 떠올렸다. 냉혈가의 일이 워낙에 크고 위중한 상황이라 잠시 잊고 있던 것이었다. 하지만 양지하가 알아낸 것도 중요한 일이었다. 천뢰일가 주위에서 벌어지고 있는 마을 소실 사건의 실마리를 잡을 수도 있는 것이었으니.

"초반부만으로도 관련성이 증명되었다니 최대한 빨리 나머지 부분을 해독하는 것이 좋겠군. 놈들의 의도를 알아낼 수 있는 좋은 기회이니……."

남궁사혁은 가만히 고개를 끄덕이며 말했다. 냉혈가에서 벌어진 일만큼, 아니, 어쩌면 더욱 중요할지도 모르는 일이었다. 사진량의 말에 양지하는 가만히 고개를 끄덕였다.

"그 외에 다른 특이 사항은 없나?"

남궁사혁의 조용한 물음에 양지하는 고개를 살짝 내저었다. 남궁사혁의 시선이 장일소에게로 향했다. 장일소도 가만히 고개를 저었다. 이내 남궁사혁의 낮은 음성이 이어졌다.

"그러면 회의는 이걸로 마치도록 하지."

말을 마친 남궁사혁이 천천히 몸을 일으켰다. 이내 남궁사혁은 회의실 밖으로 걸음을 옮기기 시작했다.

가만히 그 모습을 지켜보던 양지하는 무언가 이상한 느낌이 들었다. 어쩐지 사진량—의 모습을 한 남궁사혁—의 걸음걸이가 어색하게 느껴졌다. 고개를 갸웃하던 양지하는 저도 모르게 입을 열었다.

“잠깐만요.”

막 문을 열고 나가려던 남궁사혁이 멈춰 섰다. 갑자기 양지하가 남궁사혁을 불러 세우자, 막 몸을 일으키려던 장일소가 어깨를 움찔하며 양지하를 쳐다보았다. 장일소의 반응을 흘끗 본 양지하의 눈썹이 살짝 꿈틀했다.

“갑자기 왜 그러지?”

남궁사혁이 조용히 물었다. 누가 봐도 속을 수밖에 없는 완벽한 사진량의 연기였다. 하지만 장일소의 순간적인 반응이 이상했다. 양지하는 가만히 남궁사혁을 쏘아보며 물었다.

“혹시… 내게 숨기고 있는 일이 있는 건 아닌가요?”

“무얼 말이냐?”

양지하의 질문에 장일소가 다시 한 번 어깨를 움찔했다. 하지만 남궁사혁은 여전히 무표정한 얼굴을 한 채 되물었다. 양지하는 흘끗 장일소를 쳐다본 후 다시 남궁사혁을 쏘아보았다.

“정말 아무것도 없는 거죠?”

“무슨 소릴 하는 건지 모르겠군. 잠은 제대로 자고 있는 거냐?"

남궁사혁은 담담한 눈빛으로 가만히 양지하를 쳐다보며 물었다. 무표정한 얼굴이었지만 걱정하는 기색이었다. 양지하는 물끄러미 남궁사혁과 눈을 마주했다.

깊다.

심연이 느껴질 정도로 깊은 눈빛이었다. 하지만 무언가 달랐다. 무어라 구체적으로 설명할 수는 없었지만 자신이 알고 있는 사진량의 눈빛과는 조금 달랐다. 다른 사람일지도 모른다는 생각이 문득 들었지만 확신할 수는 없었다.

양지하는 흘낏 장일소를 쳐다보았다. 장일소는 눈을 마주하지 않고 그저 살짝 고개를 숙이고 있을 뿐이었다.

"장노께서는 혹시 제게 숨기는 일이 있나요?"

자신에게 날아든 양지하의 질문에 장일소는 천천히 고개를 들었다. 양지하에게 보이지 않게 살짝 침을 삼킨 장일소는 담담한 미소를 지으며 반문했다.

"허허, 그게 무슨 말씀이신지……?"

"말 그대로예요. 지금까지 본가에서 벌어지는 일들 중에 제가 모르고 있는 일이 혹시 있지 않나요?"

양지하는 날카로운 눈빛으로 장일소를 쏘아보았다. 장일소는 간신히 양지하의 눈빛을 태연히 받아넘기며 고개를 갸웃했다.

"대체 무슨 말씀이신지 모르겠군요. 제가 아가씨께 숨기는 일이 있을 리가 없지 않습니까."

양지하는 아무런 말없이 가만히 장일소를 쳐다보다가 다시 남궁사혁에게로 고개를 돌렸다. 남궁사혁은 회의실 문 앞에 선 채 무표정한 얼굴로 가만히 양지하를 쳐다보고 있었다. 두 사람을 번갈아 쳐다보던 양지하는 이내 나직이 한숨을 내쉬었다.

"하아… 아무래도 좀 쉬긴 해야겠군요. 쓸데없이 신경이 예민해진 것 같으니……."

양지하는 두통이라도 있는 것인지 손을 들어 이마를 매만졌다. 그 모습에 남궁사혁이 조용히 입을 열었다.

"가주로서 명령하도록 하지. 앞으로 두 시진은 아무것도 하지 말고 푹 쉬어라."

남궁사혁의 말에 양지하는 대답 대신 가만히 고개를 끄덕였다. 양지하가 고개를 끄덕이는 것을 확인한 남궁사혁은 그대로 천천히 돌아서서 회의실을 빠져나가기 시작했다. 그 뒤를 장일소가 허겁지겁 쫓아 나갔다.

가만히 그 모습을 지켜보던 양지하가 나직이 중얼거렸다.

"분명히 뭔가 숨기는 게 있는 것 같은데……."

남궁사혁이 막 가주 집무실에 들어서자, 조용히 뒤따르던 장일소가 따라 들어오며 말했다.

"아무래도 아가씨가 무슨 눈치를 채신 것 같지 않습니까?"

아무 대꾸 없이 자리에 앉은 남궁사혁이 가만히 장일소를 쳐다보며 반문했다.

"무어가 말입니까?"

"좀 전에 말입니다. 아가씨께서 자꾸 숨기는 게 없느냐고 물어보시지 않으셨습니까."

"그랬지요."

자못 진지한 얼굴의 장일소와는 달리 남궁사혁은 대수롭지 않다는 듯 성의 없이 대꾸했다. 주위에 인기척은 전혀 없었지만 장일소는 음성을 더욱 낮춰서 거의 속삭이듯 말했다.

"남궁 소협께서 가주의 대역을 하고 있다는 것을 아가씨께서 눈치채신 것은 아니냐는 겁니다."

"에이, 설마요. 제가 얼마나 완벽하게 그 자식 연기를 하고 있는지는 장노께서 더 잘 아시잖습니까."

"그건 그렇습니다만 아무래도 눈치가……."

"걱정 마십쇼. 그냥 좀 이상하구나, 싶은 정도일 겁니다. 안 그러면 양 소저 성격에 그냥 넘어갈 리가 없지 않습니까."

남궁사혁이 미소와 함께 손을 절레절레 흔들며 너스레를 떨었다. 태평스러운 남궁사혁과는 달리 장일소의 굳어진 얼굴은 쉬이 펴지지 않았다.

"그래도 혹시 모를 일이니 미리 대비해 두시는 게 좋을 듯 싶습니다."

"알겠습니다. 장노께서 그리 걱정이라면 대비책을 마련해 두겠습니다. 뭐, 제가 실수하지 않는 한 들킬 염려는 없을 것 같습니다만……."

그제야 장일소는 조금은 안심한 듯 나직이 안도의 한숨을 내쉬었다. 이내 장일소가 다시 입을 열었다.

"그나저나 가주께서 보내신 서신을 저도 볼 수 있겠습니까? 대충 상황은 파악하고 있긴 합니다만 향후 대처를 위해서는 좀 더 자세히 알 필요가 있으니 말입니다."

"혹시나 유출될까 싶어 이미 태워 버렸습니다만……."

남궁사혁의 말에 장일소가 놀라 눈을 크게 치켜떴다.

"버, 벌써 태워 버리셨다고요? 제가 볼 때까지 조금만 참아 주시지 않고."

"후훗! 그래도 글자 하나 빼놓지 않고 다 기억하고 있습니다. 너무 걱정 마십시오."

남궁사혁이 씨익 미소를 지으며 대꾸했다. 장일소는 나직이 한숨을 내쉬며 말했다.

"지금 당장 알려주실 수 있겠습니까?"

"물론이죠."

고개를 끄덕이며 남궁사혁은 사진량에게서 온 서신의 내용을 천천히 장일소에게 알려주기 시작했다.

*　　　　*　　　　*

"자네 그 소식 들었는감?"

"무슨 소식?"

"일전에 냉혈가가 난리가 났다는구먼."

"아아, 그 소식. 예끼, 이 사람아! 주위에 파다하게 퍼진 소식을 내가 못 들었겠나?"

"그럼 그 얘긴 들었남?"

"또 뭐?"

"냉혈가를 수습하려고 적혈가가 나섰다는구먼. 그것도 적혈가주가 직접 말일세."

"적혈가주가 직접? 그러면 냉혈가는 어떻게 되는 겐가? 설마하니 적혈가가 냉혈가를 집어삼키는 건 아닐 테지?"

"글쎄. 천뢰일가의 가주지령을 받고 나선 것이니 그렇지는 않을 걸세. 아무리 적혈가주라 해도 천뢰일가의 명을 어길 수는 없지. 천뢰일가의 가주 취임식 때 있었던 일을 자네도 알지 않나."

"하긴, 그도 그렇구먼."

냉혈가의 권역에서 제법 큰 마을인 상운촌의 중심에 있는 객잔에서 두 중년인이 잡담을 나누고 있었다. 나름 마을에서는 소식통이라고 알려진 두 사람이었다. 조용한 목소리로 두 사람이 주고받는 대화는 그저 가볍게 넘길 수 없는 내용을 담고 있었다.

'흐음… 적혈가를 내세워 상황을 정리하려는 건가. 나쁘지 않은 방법이로군.'

남은 인피면구를 쓴 채 한쪽 구석에서 가만히 두 중년인의 대화를 듣고 있던 사진량은 나직이 중얼거리며 소면을 천천히 들이켰다.

이전에 쓰던 인피면구는 냉혈가주 적무광을 상대하며 다시 쓰지 못할 정도로 찢어져서 여분의 인피면구를 사용할 수밖에 없었다. 이전에 쓰던 것과 비슷하지만 눈매나 입꼬리가 조금 다른 인피면구였다. 물론 평범하기 짝이 없는 인상은 전혀 달라지지 않았다.

사진량은 가만히 냉혈가에서의 일을 머릿속에 떠올렸다. 적무광을 쓰러뜨리기 전에 자신의 정체를 들켜 버린 탓에 당시 주위에 있던 자들에게는 철저한 입단속을 해야만 했다. 새어 나가는 소문을 완전히 막을 수는 없겠지만 최대한 늦춰야만 활동의 자유가 보장될 수 있었다.

천뢰일가에 있어야 할 가주가 대역을 세워두고 외유를 나섰다는 것이 알려진다면, 오대봉신가 전체를 은밀히 둘러보려 했던 목적을 이룰 수 없을 터였다. 때문에 사진량은 당시 주위에 있던 수십 낭인과 냉혈가의 무인들에게 모두 금제를 걸었다.

혈천강시의 제조에 직접 가담한 자들을 비롯해, 조금이라도 수상쩍은 이들은 모두 아혈과 마혈을 제압한 채 뇌옥에 가두게 하고, 나머지는 최면 향을 이용해 특정한 상황을 떠올리지 못하도록 기억의 금제를 걸어두었다.

물론 뇌옥에 갇혀 있는 자들에게도 같은 조치를 취했다. 누가 온다 해도 최면을 풀지 않는 한 천뢰일가로 보낸 보고서 이상의 내용을 알아내기는 쉽지 않을 터였다.

그렇게 자신이 정체를 드러냈다는 사실을 없었던 일로 만든 사진량은 그대로 자취를 감췄다. 그리고 지난 며칠 동안 냉혈가 주위에 머물며 이후의 상황을 주시하고 있었다. 지금 들은 두 중년인의 대화로 보아 냉혈가 쪽은 더 신경 쓰지 않아도 될 것 같았다.

사진량이 품속에서 구리 동전 몇 개를 꺼내 탁자에 내려놓으며 몸을 일으키려 할 때였다. 조용히 대화를 나누던 중년인의 목소리가 사진량의 발길을 붙잡았다.

"그나저나 도대체 그 낭인 무사는 누굴까?"

"글쎄. 천뢰일가에서 은밀히 키운 고수라는 얘기도 있고 전설의 낭인왕(浪人王)의 후인이라는 얘기도 있고 그렇더구만."

"낭인왕의 후인이라니! 설마하니 그 낭인왕 말인가?"

"그러면 낭인왕이 또 따로 있겠나? 이 친구 참, 이럴 때 보면 생각보다 어리숙하다니까."

"어리숙하다니, 좀 헷갈릴 수도 있는 게지. 그나저나 그 낭인 무사는 어디로 갔는지는 아는가?"

"냉혈가주를 쓰러뜨린 후에 홀연히 사라져 버렸다는구만."

거기까지 들은 사진량은 그대로 몸을 일으켜 돌아섰다.

"여기 돈 놔두고 가오."

그대로 객잔을 나선 사진량은 피식 미소를 지었다.

'낭인왕의 후인이라니. 거창하게도 소문이 났군그래.'

낭인왕.

삼백여 년 전 무림을 경천동지(驚天動地)하게 만든 절정 고수를 일컫는 별호였다. 낭인임에도 불구하고 당시 천하제일고수라 칭해지던 낭인왕의 후인이라니. 아무리 사진량이 낭인을 가장했다고는 하지만 거창하기 이를 데 없는 소문이었다.

어쩔 수 없는 일이었다.

자신의 정체가 드러난 것을 숨길 수는 있었지만 존재 그 자체를 지우지는 못한다. 어쩔 수 없이 낭인의 신분으로 나선 의문의 무인을 연출하는 수밖에 없었다.

그 결과 사진량은 현재 낭인왕의 후인일지도 모른다는 오해를 받고 있었다. 물론 누구도 사진량을 찾을 수 없을 테니 그저 의문은 의문으로 남을 수밖에 없겠지만.

"그러면 이제 어디로 가볼까……?"

사진량은 나직이 중얼거리며 주위를 오가는 사람들 사이로 조용히 모습을 감췄다.

*　　　*　　　*

적혈가의 가주 녹음풍은 천뢰일가의 가주지령을 받고 곧장 정예 병력 오십과 함께 냉혈가로 향했다. 사진량에 의해 내공은 금제된 채였지만 직접 나설 수밖에 없었다. 이전이었다면 가주지령이 내려진다 해도 무시했을 터였지만 지금은 상황이 달랐다.

오대봉신가의 가주 넷을 한꺼번에 상대하면서도 호흡 하나 흐트러지지 않던 천뢰일가의 가주, 사진량 때문이었다. 전대 가주인 양기뢰가 건재하던 시절보다 훨씬 압도적인 위압감을 주는 사진량을 떠올리기만 해도 절로 어깨가 움츠러드는 녹음풍이었다. 내공이 금제되지 않았다고 해도 감히 가주지령을 무시하지는 못했을 것이다.

"가주! 이제 곧 냉혈가에 도착할 겁니다."

적혈가주의 직속 수신호위 장오환이 다가오며 말했다. 일행의 가장 앞에서 말을 몰아가던 녹음풍은 고개를 끄덕이며 속도를 천천히 늦추기 시작했다. 뒤따르던 무인들도 말의 속도를 줄였다.

따각! 따각!

오십여 기의 말발굽 소리가 주위에 울려 퍼졌다. 갑자기 무장을 한 인마 오십여 마리가 마을에 들어서자, 주위를 오가던 사람들은 웅성거리기 시작했다.

"뭐여? 이게 무슨 일이여?"

"일전에 소문났잖어. 적혈가에서 냉혈가 수습하러 온 거여."

"아아, 지난번 그 일 때문이로구만."

"당연히 그런 거 아니겠남. 그렇게 큰일이 있었는데 그냥 내버려 둘 리가 없지 않겠어?"

"그나저나 이제 냉혈가는 어떻게 되는 거여?"

"그거까지 알면 내가 여기 이러고 있겠남? 쉰 소리 하지 말고 어여 들어가자고. 괜히 관심 갖다가 불똥이 튈지도 모르는 거 아녀."

"그랴. 그러자고."

주위에서 들려오는 웅성거림에 녹음풍은 저도 모르게 살짝 눈살을 찌푸렸다. 하지만 이내 굳은 표정을 풀고 천천히 냉혈가를 향해 다가가기 시작했다.

일각이 지난 후, 녹음풍을 비롯한 적혈가의 무인들은 냉혈가의 정문에 도달했다. 냉혈가의 커다란 정문은 활짝 열려 있었고, 열린 문 좌우로 수많은 가인이 도열해 있었다. 도착하기 한 시진 전에 미리 연락을 해둔 터라 맞이할 준비를 한 것이다.

"어서 오십시오, 적혈가주."

녹음풍 일행이 모두 정문 안으로 들어가자 학창의를 입은 중년의 사내가 한 걸음 앞으로 다가와 고개를 숙이며 포권을 취했다. 냉혈가의 총관 천일석이었다.

천천히 말에서 내린 녹음풍은 맞포권을 취하며 말했다.

"적혈가주인 녹음풍이오. 가주지령을 받아 이렇게 찾아오게 되었소이다."

"기다리고 있었습니다. 부디 본가의 기틀을 바로잡아 주시기 바랍니다, 적혈가주님."

"당연한 일이오. 내 힘을 다해 냉혈가를 도울 것이오."

"말씀만으로도 감사드립니다. 그러면 이쪽으로 오시지요. 머물 곳을 준비해 두었습니다. 먼 길을 오셨으니 오늘은 석찬(夕餐)을 하시고 푹 쉬시지요."

천일석의 말에 녹음풍은 고개를 내저으며 대꾸했다.

"아니오. 이왕 도와주러 온 것이니 당장 시작하고 싶소이다. 현장을 보고 싶으니 안내해 주시겠소이까?"

잠시 머뭇거리던 천일석은 이내 고개를 끄덕이며 천천히 돌아섰다.

"알겠습니다. 이쪽으로 오시지요."

천일석이 앞장서서 움직이기 시작하자 녹음풍은 고개를 돌려 적혈가 무인들에게 슬쩍 눈짓했다. 맨 앞에 있던 이십여 명의 무인이 일제히 말에서 뛰어내렸다. 녹음풍이 돌아서서 천일석을 따라 걸음을 옮기자 말에서 내린 무인들이 조용히 그 뒤를 쫓기 시작했다.

무너진 빙룡전의 잔해는 냉혈가의 한가운데에 그대로 남아 있었다. 지반이 내려앉아 움푹 팬 거대한 구덩이 안에 부서진 빙룡전의 기둥이 얽혀 있었다. 그 사이로 박살 난 기와 더미와 깨진 벽돌이 가득했다. 녹음풍은 가만히 그것을 내려다보며 나직이 중얼거렸다.

"이거야 원… 큰 지진이라도 난 것 같군그래. 그나저나 그동안 낭인들은 왜 그리 많이 고용했던 거요?"

녹음풍은 사건 과정을 기록한 서류를 넘기며 조용히 질문을 던졌다. 그의 옆에 있던 천일석은 고개를 내저으며 대답했다.

"글쎄요. 저는 그저 저희 가주께서 명하신 일을 따랐을 뿐입니다. 빙룡전 내부에서 무슨 일이 일어났는지 저는 아무것도 알지 못합니다. 하나 빙룡전을 관리하던 자들 서넛을 뇌옥에 가둬두었습니다. 아직 별다른 얘기를 하지 않았지만 조만간 다시 심문을 시작할 겁니다. 직접 심문하시겠습니까?"

"지금 볼 수 있겠소이까?"

"물론이지요."

"그럼 가봅시다."

녹음풍의 말에 천일석은 고개를 끄덕이며 천천히 돌아서서 뇌옥을 향해 걸음을 옮기기 시작했다.

그때였다.

쿠르릉!

심상치 않은 땅울림이 전해졌다. 천일석의 낯빛이 순식간에 어두워졌다. 녹음풍이 주위를 둘러보며 중얼거렸다.

"뭐, 뭐지……?"

그때 다시 한 번 크게 땅이 진동했다.

쿠르르릉! 쿠쿵!

진원지는 바로 빙룡전의 잔해가 가득한 구덩이의 한가운데였다. 진동이 점점 강해지며 구덩이의 가장자리가 무너지기 시작했다.

파스스! 파슥! 쿠르릉!

동시에 빙룡전의 잔해가 갈라지고 부서져 나갔다. 녹음풍이 가까이 다가가려 하자 수신호위 장오환이 앞을 막아섰다.

"위험합니다, 가주!"

"비켜라. 무슨 일인지 내 직접 봐야겠다."

녹음풍은 앞을 막아선 장오환을 노려보며 버럭 역정을 냈다. 하지만 장오환은 쉬이 물러서지 않았다. 안 그래도 내공이 금제되어 무공을 잃은 것이나 마찬가지인 녹음풍이 아니던가.

드드드드!

녹음풍이 앞을 막아선 장오환과 실랑이를 하는 사이, 커다란 진동과 함께 땅속 깊은 곳에서 무언가가 솟아 나오는 것 같은 소리가 들려왔다. 그 소리는 점점 빠른 속도로 가까워지고 있었다.

"대체 뭐지?"

어쩐지 불길한 느낌이 들었다. 녹음풍은 자신을 막아선 장오환의 어깨 너머로 보이는 구덩이를 저도 모르게 멍하니 쳐다보았다.

드드드득!

땅속에서 들려오는 소리가 가까워지자 주위의 진동이 더욱 강해졌다. 녹음풍은 비틀거리면서도 구덩이를 뚫어져라 쳐다보았다.

쿠구구! 쿠쿵!

부서진 기둥이 크게 흔들리고 기왓장이 쪼개지기 시작했다. 금방이라도 무언가가 튀어나올 것 같았다.

꿀꺽!

누군가 침을 삼키는 소리가 들려왔다. 녹음풍이 고개를 돌리려는 순간, 커다란 폭음과 함께 빙룡전의 잔해를 뚫고 십여 개의 그림자가 허공으로 솟아올랐다.

콰쾅! 파파팟!

주위에 모여 있던 모든 이의 시선이 잔해를 뚫고 튀어나온 그림자로 향했다. 기괴한 모습을 한 십여 개의 인영이었다. 다 찢어진 천으로 하반신만 간신히 가리고 있는 데다, 잿빛 피부가 기괴함을 더했다.

파쾅! 파파파팟!

허공에 솟아오른 십여 개의 잿빛 인영이 바닥에 착지하자, 뒤이어 더욱 많은 숫자가 빙룡전의 파편을 뚫고 튀어나왔다. 그제야 퍼뜩 정신을 차린 녹음풍이 버럭 소리쳤다.

"네놈들! 대체 뭐 하는 놈들이냐!"

동시에 적혈가 무인들이 일제히 검을 뽑아 들었다.

채채챙!

날카로운 금속성이 주위를 뒤흔들었다. 일행과의 맞은편 구덩이 끄트머리에 착지한 잿빛 인영들은 아무런 반응도 보이지 않았다. 그저 흰자위가 가득한 눈을 한 채 가만히 허공을 응시하고 있을 뿐이었다.

질끈 입술을 깨문 녹음풍이 다시 한 번 소리쳤다.

"뭐 하는 놈들이냐고 묻지 않았더냐!"

여전히 잿빛 인영들은 아무런 대꾸도 하지 않았다. 아니, 아예 녹음풍에게 관심이 없는 것 같았다. 으득, 소리가 나도록 이를 깨문 녹음풍이 소리쳤다.

"쳐라! 놈들을 제압하고 난 후 다시 묻겠다!"

"충(忠)!"

커다란 외침과 함께 수신호위인 장오환을 제외한 나머지 적혈가의 무인들이 일제히 잿빛 인영들을 향해 몸을 날렸다.

파파팍! 슈카칵!

날카로운 파공성이 터져 나왔다. 적혈가 무인들이 휘두르는 검은 잿빛 인영을 단숨에 갈라 버릴 것처럼 날카로운 예기를 가득 담고 있었다.

하지만.

캉! 파캉!

이내 터져 나온 소리는 뼈와 살이 갈라지는 파육음이 아니라, 고막이 찢어질 것 같은 파열음이 연이어 터져 나왔다. 녹음풍의 눈이 경악으로 물들었다. 검기가 담긴 적혈가 무인들의 검이 잿빛 인영에게 닿자 마치 무쇠를 내리친 듯 박살 나 버린 것이다.

"컥!"

"크헉!"

동시에 잿빛 인영이 주먹을 내지르자 적혈가 무인들은 제대로 손도 쓰지 못하고 짧은 비명을 지르며 튕겨 나가 바닥을 나뒹굴었다.

쿠당탕! 쿠쿵!

적잖이 내상을 입은 듯 쓰러진 채 피를 왈칵 토해내는 적혈가 무인들을 향해 절로 시선이 돌아갔다. 이내 질끈 이를 악문 녹음풍은 잿빛 인영을 노려보았다.

단 일합에 적혈가의 정예 무인 이십여를 쓰러뜨린 잿빛 인영들은 아무런 표정의 변화도 없었다. 몸에는 생채기 하나도 보이지 않았다. 그저 검이 닿은 부위가 잠시 붉게 달아올랐다가 이내 언제 그랬냐는 듯 원래의 잿빛으로 돌아왔다.

녹음풍은 이를 악문 채 신음하듯 중얼거렸다.

"대체 네놈들은……!"

여전히 대답은 들려오지 않았다. 그저 무표정한 얼굴로 한쪽을 응시하던 잿빛 인영들은 마치 약속이나 한 듯 일제히 자신들이 응시한 방향을 향해 몸을 날렸다

팟! 파파팟!

순식간에 저 멀리 사라지는 잿빛 인영을 녹음풍은 물론이고 주위의 어느 누구도 잡아둘 수 없었다. 녹음풍은 이를 악문 채 잿빛 인영이 사라진 방향을 한참이나 쏘아보았다.

잿빛 인영이 점이 되어 시야에서 완전히 사라져 버린 후에야 녹음풍은 천천히 돌아섰다. 그리고 천일석을 향해 조용히 말했다.

"지금 당장 뇌옥으로 가야겠소. 안내해 주시지 않겠소."

워낙에 순식간에 벌어진 일이라 반쯤 넋을 잃은 얼굴로 휘둥그레 눈을 뜨고 있던 천일석은 그제야 퍼뜩 정신을 차리고 고개를 끄덕였다.

"아, 알겠습니다. 이, 이쪽으로 오시지요."

더듬거리며 대답한 천일석은 비틀거리며 걸음을 옮기기 시작했다. 그 뒤를 녹음풍과 그의 수신호위 장오환이 조용히 따랐다. 걸음을 옮기는 녹음풍의 얼굴은 전에 없이 심각하게 굳어 있었다.

'도대체 무슨 짓을 한 거요, 냉혈가주?'

냉혈가의 뇌옥에는 빙룡전을 도맡아 관리하던 자들 넷이 갇혀 있었다. 모두 아혈과 마혈을 제압당한 채 쇠사슬에 묶여 벽에 매달려 있었다. 그것을 가만히 지켜보던 녹음풍이 천천히 입을 열었다.

"보아하니 아혈과 마혈을 제압당한 모양이로군. 누가 혈도를 제압한 것인지 알려주시겠소?"

녹음풍의 물음에 천일석이 곧장 대답했다.

"그것이… 광호라 불리던 낭인이었습니다. 가주의 명으로 고용한 낭인 중 하나였지요."

"낭인이 점혈법을? 이름이 광호라 하셨소?"

"그렇합니다."

"혹시 그 광호라는 자가 냉혈가의 일을 수습했다고 소문이 난 그자요?"

"그렇습니다."

천일석은 가만히 고개를 끄덕였다. 냉혈가로 오는 동안 녹음풍도 소문을 듣기는 했다. 하지만 고작 일개 낭인이 그런 큰일을 해냈다는 것이 믿을 수 없었다. 때문에 녹음품은 그저 과장된 헛소문이겠거니 치부했다. 그런데 천일석은 그게 모두 사실이라고 말하고 있었다.

"그렇다는 것은 소문이 모두 사실이라는 게로구려. 혹, 그 자가 어디로 사라졌는지 알고 있소?"

"그것이… 갑자기 홀연히 사라져 버렸기에……. 게다가 본가의 수습 때문에 그를 쫓을 여유가 없었습니다."

"안타깝구려. 그자가 있었다면 일이 쉽게 풀렸을지도 모를 일이건만……."

녹음풍은 말꼬리를 흐리며 낮게 혀를 찼다. 하지만 이내 광호라는 낭인을 머릿속에서 지운 녹음풍은 자신의 뒤에 선 장오환을 쳐다보며 말을 이었다.

"놈들을 심문할 터이니 점혈을 풀어두어라."

"충!"

낮은 대답과 함께 장오환이 벽에 매달려 있는 인영들을 향해 다가갔다. 가장 가까이에 있는 자에게 손을 뻗은 장오환은 먼저 내부 기혈의 흐름을 살폈다.

잠시 시간이 지나자 어느새 장오환의 이마가 땀으로 흠뻑 젖었다. 천천히 손을 떼어낸 장오환은 난감해하는 얼굴로 녹음풍을 쳐다보았다.

"무슨 일이냐?"

"그, 그것이… 혈도를 푸는 데 시간이 걸릴 듯합니다, 가주."

"뭐라? 그게 무슨 소리냐?"

"일반적인 점혈법과는 그 궤가 조금 달라 쉽게 풀 수가 없습니다. 조금만 시간을 주시면 반드시 해결하겠습니다."

"일개 낭인의 점혈법이 그리도 고명하단 말이더냐?"

녹음풍은 인상을 찌푸리며 일갈했다. 장오환은 고개를 숙이며 조용히 입을 열었다.

"면목 없습니다."

"되었다. 네가 그렇다면 그런 것이겠지. 한 시진을 주마. 그 안에는 심문이 가능하도록 혈도를 풀어두거라."

녹음풍은 천천히 돌아서며 뒷짐을 진 채 그렇게 말했다. 장오환은 더욱 고개를 깊이 숙이며 짧게 대답했다.

"충!"

장오환의 대답을 들은 녹음풍은 자신의 옆에 선 천일석에게 고개를 돌렸다.

"방해되지 않도록 우리는 나가 있는 것이 좋을 듯합니다, 총관."

"아! 그, 그렇지요."

천일석이 고개를 끄덕이자 녹음풍은 이내 뇌옥 밖으로 걸음을 옮기기 시작했다. 천일석이 허겁지겁 그 뒤를 쫓았다. 걸음을 옮기는 녹음풍의 머릿속에는 광호라는 정체불명의 낭인으로 가득 차 있었다.

'그 광호라는 낭인… 아무래도 뒤를 캐봐야 할 것 같군그래.'

흠칫!

갑작스러운 오한에 사진량은 어깨를 움찔 떨었다. 어쩐지 무언가 중요한 것을 잊어버린 것 같은 기분이 들었다.

그 자리에 멈춰 선 사진량은 그대로 돌아서서 자신이 걸어온 길을 가만히 쳐다보았다. 냉혈가가 있는 방향에서 시커먼 먹구름이 밀려오는 것이 보였다.

"비라도 오려는 건가?"

천천히 다가오는 먹구름을 쳐다보며 사진량은 나직이 중

얼거렸다. 이내 돌아선 사진량은 그대로 바닥을 살짝 박차고 달려 나갔다.

타탓!

第二章

의외의 만남

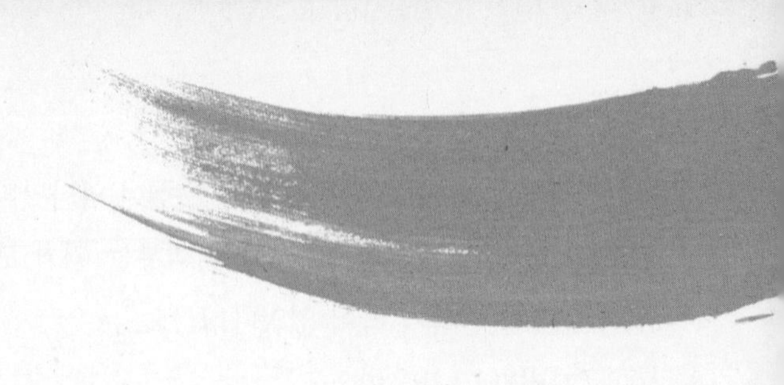

"강시? 냉혈가주가 강시를 제조했다는 건가요?"

양지하의 질문에 장일소가 가만히 고개를 끄덕이며 대답했다.

"그렇습니다. 그것도 살아 있는 낭인을 바탕으로 활강시를 만들려 했다는군요. 아니, 이미 완성한 것일지도 모릅니다."

"그건 무슨 소리지?"

이번에는 사진량의 모습을 한 남궁사혁이 물었다. 장일소가 곧장 입을 열었다.

"적혈가주가 도착했을 때에 무너진 빙룡전의 잔해에서 잿빛 피부를 가진 의문의 인물들 수십이 나타났다고 합니다. 의식은 전혀 없어 보이고, 그들의 피부는 검기로도 벨 수 없을 정도로 단단하기 짝이 없었다더군요."

"그러면 그자들이……."

"아마도 냉혈가주가 완성한 활강시이겠지요."

양지하의 낯빛이 어두워졌다. 죽은 사람의 시신이 자연적으로 강시화 되는 경우도 있지만 대부분의 강시는 금지된 술법으로 만들어지는 것이다.

도가 문파들 중에서도 강시의 제조법이 전해지는 곳이 있긴 하지만 극히 드문 데다 대부분이 금술(禁術)로 정해놓고 있었다. 특히나 살아 있는 사람을 바탕으로 만들어지는 활강시는 금술 중의 금술이었다.

그렇다는 것은…….

"어쩌면 냉혈가가 마도와……."

양지하는 뒷말을 잇지 못하고 말꼬리를 흐렸다. 오대봉신가의 가주가 마도와 내통했다는 것을 차마 제 입으로 내뱉을 수 없었다.

천뢰일가 내부에 마도의 간자가 있다는 것은 알고 있었지만, 봉신가의 가주에게까지 발이 뻗어 있었다니 도저히 믿을 수 없는 일이었다. 어쩌면 다른 봉신가의 가주에게도 마도가 접근했을 수도 있다는 생각이 들자 양지하의 얼굴이 더욱 어두워졌다.

"그 강시는 어떻게 되었지?"

귓가로 날아든 남궁사혁의 질문에 양지하는 천천히 고개를 들었다. 심각한 상황임에도 남궁사혁의 표정은 거의 변화가 없었다. 장일소의 대답이 뒤이어졌다.

"모습을 드러낸 후 순식간에 어디론가 사라져 버렸다고 합니다. 워낙에 정신없는 통에 벌어진 일이라 뒤를 쫓을 새도 없었다더군요."

"그런가……."

남궁사혁은 안타깝다는 듯 말꼬리를 흐렸다. 사실 사진량의 비밀 서신으로 어느 정도의 사실은 알고 있었지만 괜스레 아는 척을 했다가는 양지하에게 무슨 의심을 받을지도 모르는 일이었다.

"냉혈가주는 아직 혼수상태인가요? 그가 의식을 되찾아야 확실히 사태를 파악할 수 있을 텐데."

양지하의 물음에 장일소는 저도 모르게 한숨을 푹 내쉬며 대답했다.

"그렇습니다. 그 정체불명의 낭인에게 당한 이후로 의식을 되찾지 못하고 있다더군요. 언제 정신을 차릴지도 불투명하답니다."

"이런… 진상을 온전히 파악하려면 시간이 꽤 걸리겠군요.

그래도 모르니 냉혈가주의 치료에 심혈을 기울이도록 하세요."

"그리 전하도록 하겠습니다."

장일소의 대답에 양지하는 여전히 굳은 얼굴로 조용히 중얼거렸다.

"어쩌면 본가의 근간이 뒤흔들릴 수 있는 중요한 문제입니다. 알아낼 수 있는 한 최대한 자세히 알아내야 해요."

*　　　　*　　　　*

녹음풍은 저도 모르게 한숨을 푹 내쉬었다. 새외의 마도를 막아서는 천뢰일가, 그것을 지탱하는 오대봉신가의 하나인 냉혈가에서 활강시를 제조하는 마도의 술법을 사용하다니. 절대 있을 수 없는, 있어서는 안 되는 일이었다.

하지만 실제로 벌어진 일이었다.

양기뢰가 오랜 병상에 누워 있어 천뢰일가의 세력이 약해지긴 했지만 오대봉신가는 아니었다. 천뢰일가의 실권을 장악하기 위해 오히려 봉신가들은 저마다 세력을 키워 나갔었다. 서로의 눈치를 보느라 섣불리 나서지는 않았지만 현재의 천뢰일가보다 훨씬 강한 세력을 지니고 있던 봉신가였다.

그런 봉신가의 하나인 냉혈가가 마도와 접촉이 있었다니.

어처구니없는 일이었다. 지금은 몇 가지 사실에 근거한 심증에 불과하지만 냉혈가주인 적무광이 의식을 되찾으면 좀 더 자세히 알 수 있을 것이다. 천뢰일가에서 보내온 서신에도 적무광의 치료에 만전을 기하라는 명령이 쓰여 있었다.

녹음풍의 무공이 온전하고 천뢰일가의 상황이 나아지지 않았다면 단숨에 냉혈가를 집어삼키고 천뢰일가의 모든 실권을 장악했을지도 모르는 일이었다.

하지만 그럴 수 있는 기회는 사진량이 가주가 되면서 사라져 버린 후였다. 게다가 어쩌면 적혈가의 내부에도 마도의 손길이 뻗어 있을지도 몰랐다. 이번 일을 어느 정도 수습하고 나면 적혈가의 내부 단속을 해야겠다는 생각을 한 녹음풍은 다시 한 번 길게 한숨을 내쉬었다.

"후우우……."

냉혈가에 도착한 이래로 닷새.

지금까지 녹음풍은 잠도 제대로 자지 못하고 냉혈가의 모든 인물을 심문해 수상쩍은 자를 골라내고, 인력을 동원해 무너진 빙룡전의 잔해를 치우는 작업을 지휘하고 있었다. 다른 한편으로는 사태를 혼자서 정리해 버린 광호라 불리던 낭인의 정체를 밝혀내기 위한 조사를 시작했다.

마도의 간자를 가려내고, 잿빛 피부의 강시들이 쏟아져 나온 빙룡전의 지하에 남아 있는 시설을 확보하기 위함이었다.

거의 다 무너져 버렸겠지만, 혹시라도 마도의 꼬리를 잡을 수 있는 흔적이 남아 있을지도 모르는 일이었으니.

하지만 아직까지 진척이 거의 없었다. 냉혈가 가인들의 신분 조사는 칠 할 이상 끝이 난 상황이었지만, 빙룡전의 잔해 제거 작업은 더디기만 했다. 빙룡전 자체가 워낙에 큰 건물이기도 했고, 지반이 너무 내려앉은 탓이기도 했다.

수신호위 장오환을 비롯해 녹음풍의 호위를 맡은 무인 십 인을 뺀 나머지와 냉혈가의 일손을 모두 합해 백 명이 넘는 인원이 작업에 참여하고 있음에도 삼 할도 채 제거하지 못하고 있었다. 작업 진척 상황으로 보아 적어도 한 달 이상은 냉혈가에서 머물러야 할 것 같았다. 적혈가의 일이 걱정이 되긴 했지만 어쩔 수 없는 일이었다.

녹음풍은 저도 모르게 다시 한숨을 푹 내쉬었다. 문득 서둘러 다가오는 인기척이 느껴졌다.

"낭인 시장에 다녀왔습니다, 가주."

"들어오라."

녹음풍의 말에 허리에 검을 찬 무인 하나가 조심스레 안으로 들어왔다. 무인은 녹음풍과 눈이 마주치자 곧장 고개를 숙이며 포권을 취했다. 녹음풍은 대충 손짓으로 포권을 받고 곧장 질문을 던졌다.

"그래, 어떻게 되었나? 어떤 자인지는 알아냈나?"

무인은 그 자리에서 무릎을 꿇고 녹음풍의 물음에 가만히 고개를 내저었다.

"허탕입니다. 낭인 시장 쪽에서는 별다른 소득이 없었습니다. 그쪽에서 알려준 것이라고는 광호라는 이름과 나이, 출신지뿐이었습니다."

"그건 이미 알고 있는 것이지 않나. 그 외에 새로운 것은 더 없었단 말인가?"

"광호라는 자가 낭인 시장에 흘러든 것은 냉혈가의 총관이 다시 찾아오기 딱 하루 전이었다고 하더군요. 본래 하루에도 수십 명이 흘러드는 낭인 시장이라 다들 딱히 이상하게 여기지는 않았다고 합니다만……."

말꼬리를 흐리는 무인의 말에 녹음풍이 눈썹을 살짝 치켜올리며 물었다.

"그런데?"

"제 생각에 불과합니다만 아무래도……."

"이번 일이 생길 것을 알고 의도적으로 접근했다는 말이더냐?"

날카로운 눈빛을 번뜩이며 녹음풍이 물었다. 무인은 가만히 고개를 끄덕이며 대답했다.

"아무래도 그런 것 같습니다. 낭인 시장으로 흘러드는 자들이 신분을 숨기기도 합니다만, 그래도 친분이 있는 자가 있게 마련입니다. 하지만 그 광호라는 낭인은 친분이 있는 자는커녕 어디에서 온 것인지 아는 자도 아무도 없는 데다 함께 냉혈가에 고용된 낭인들도 처음 보는 자라고 하더군요."

"그것만으로 그리 판단하기에는 무리가 아닌가?"

녹음풍의 질문에 무인이 곧장 뒤이어 대답했다.

"냉혈가에 함께 고용되었던 낭인들도 조사를 모두 마쳤습니다. 광호라는 자와 어느 정도 친근하게 지내던 자가 있더군요. 그를 통해 광호라는 자의 과거지사에 대해 알아낸 것이 있었습니다. 그것을 토대로 본가의 정보망을 이용해 역추적을 해보았습니다. 하지만 역시나 거짓으로 꾸며진 신분이더군요."

"그런데?"

"낭인 시장에 흘러드는 자들이 신분을 숨기려 할 때는 아예 허구의 인물을 만들어내는 경우는 거의 없습니다. 낭인 시장에서야 별다른 뒷조사를 하지 않지만, 명문가에서 낭인을 고용하려 들 때에는 확실히 신분이 보장된 자들만 고용하게 마련이지요. 그럴 때를 위해 호패를 위조하기도 하는데, 광호라는 자의 호패를 만든 자를 찾을 수 있었습니다. 정확히 낭인 시장에서 모습을 보인 지 반나절 전에 호패를 위조했더군요."

"냉혈가에 들어오기 위해 그렇게 준비를 했다는 애기로군."

"예, 그렇습니다. 게다가 그 며칠 전부터 냉혈가 근처의 객잔에서 모습을 보인 적도 있다고 합니다."

"흐으음, 아무래도 그 광호라는 자가 이번 일에 대한 답을 가지고 있을지도 모르겠군. 총력을 기울여 그자의 행방을 뒤쫓도록 해라."

"알겠습니다, 가주."

대답과 함께 무인은 천천히 몸을 일으켜 녹음풍에게 포권을 취한 뒤, 조용히 밖으로 나갔다. 혼자 남은 녹음풍은 길게 한숨을 내쉬며 중얼거렸다.

"광호라… 정말 소문대로 낭인왕과 관련이 있는 자인 건가? 아니면……."

* * *

타타탓!

사진량은 부지런히 걸음을 옮기고 있었다. 지금의 속도를 유지한다면 앞으로 두 시진 이내에 철혈가의 영역에 닿을 수 있었다. 냉혈가를 은밀히 떠난 사진량의 다음 목적지는 이미 철혈가로 정해져 있었다.

냉혈가주 적무광이 혼수상태에 빠지기 전, 사진량은 그의 입을 통해 강시의 제조법을 철혈가주인 곡상천에게 건네받았다는 말을 들었다. 게다가 자신이 건 내공의 금제를 푼 것도 곡상천이 준 암명환이라는 환약 덕분이라는 것까지 알게 되었으니 그냥 내버려 둘 수는 없는 일이었다.

혹시라도 곡상천이 마도와 손을 잡지 않았다고 해도, 강시 제조법이나 암명환의 출처에 대해서는 확실히 알아두어야 한다. 자신이 제압하기 직전에 보인 적무광의 상태는 이성을 잃고 마기에 물든 모습이었다. 분명 암명환의 숨겨진 효능 때문일 것이다. 때문에 그것을 전해준 곡상천의 뒤를 상세히 캐봐야 했다.

문득 곡상천의 얼굴을 떠올린 사진량은 살짝 입술을 깨물었다. 가주 취임식에서 벌어진 반란에서도 곡상천은 사진량의 눈길을 끌었었다.

가장 먼저 나서진 않았지만 배후에서 모든 것을 조율한 것 같은 느낌이 많이 드는 자였다. 당시에는 자세히 알아볼 시간적 여유가 없어서 그냥 넘기기는 했지만 지금은 다르다. 확실하게 모든 것을 파헤쳐 보아야만 했다.

"철혈가주, 당신이 무슨 짓을 꾸미고 있는지 낱낱이 밝혀주지."

싸늘히 중얼거리며 사진량은 더욱 걸음을 서둘렀다.

*　　　*　　　*

왕가촌.

감숙과 섬서를 잇는 관도 사이에 위치한 작은 마을이다. 왕 씨 성을 가진 이들이 군락을 이루고 있어 왕가촌이라는 이름이 붙은 마을의 중앙에는 객잔이 하나 있었다.

평소 관도를 지나는 상인이나 유랑객들이 주로 사용하는 터라 객잔은 마을의 규모에 비해 상당히 규모가 컸다. 사 층짜리 건물로 일 층과 이 층은 식당으로 삼, 사 층은 여관으로 운영되고 있었다. 왕가촌의 상징과도 같은 객잔, 바로 회룡객잔이었다.

"아직 도착하지 않은 건가……."

회룡객잔의 사 층 구석에 있는 작은 방 안에서 창밖을 내다보며 홍영이 나직이 한숨을 내쉬었다. 홍영은 개방의 방주라고 하기에는 전혀 어울리지 않는 차림새를 하고 있었다. 고급 비단으로 만들어진 유삼을 입은 것도 그렇고, 아무렇게나 헝클어져 있던 머리칼을 다듬어 올려 묶고 있는 것도 그랬다.

거지 차림을 하고 객잔에 머무는 것은 남의 이목을 끌 수 있으니 어쩔 수 없었다. 그만큼 기밀성을 유지해야 하는 중요한 만남이었다. 개방의 수뇌부에도 지금 자신이 머무는 곳을 알리지 않은 홍영이었다.

홍영이 기다리고 있는 상대도 아마 비슷한 조치를 취하고 나섰을 터였다. 만약 두 사람의 만남이 무림에 알려졌다면 마도의 재래만큼이나 큰 파급을 불러올 것이다. 그것을 잘 알고 있기에 홍영은 누구에게도 알리지 않고 회룡객잔에 머문 것이었다.

삐이— 익!

창가에 한 손으로 턱을 괴고 앉아 한숨을 내쉬고 있는 홍영의 귓가에 날카로운 괴조음이 날아들었다. 퍼뜩 고개를 든 홍영의 눈에 저 멀리서 날아오는 수리매의 모습이 보였다.

홍영은 입꼬리를 살짝 말아 올리며 수리매를 향해 손을 뻗었다. 상당한 거리가 있는 데도 수리매는 조금의 망설임 없이 홍영을 향해 날아들었다.

푸드득! 푸득!

순식간에 가까이 다가온 수리매는 날개를 푸득거리며 홍영의 팔뚝에 가볍게 내려앉았다. 수리매의 왼쪽 다리에는 작은 죽통이 매달려 있었다. 홍영은 곧장 죽통을 열어 안을 확인했다. 반으로 접혀 둥글게 말려 있는 종이가 안에 있었다.

"이제야 소식이 왔군."

피식 미소를 지으며 홍영은 접힌 종이를 펼쳤다. 종이에는 딱 네 글자가 쓰여 있었다.

很快到達(곧 도착함)

최소한 반 시진 내의 거리에 만날 상대가 있다는 뜻이었다. 홍영이 그대로 서신을 구겨 버리자 팔뚝에 앉아 있던 수리매가 푸드득 날아올랐다. 홍영은 품속에서 커다란 육포 조각을 꺼내 허공으로 던졌다. 그것을 낚아챈 수리매는 그대로 하늘 높이 날아올랐다. 가만히 수리매의 모습을 지켜보던 홍영은 그대로 벌떡 일어나며 천천히 방을 나섰다.

"그러면 도착하기 전에 미리 배를 채워둬야겠군. 이야기가 길어질지도 모르니 말이야."

회룡객잔에서 수백 리 떨어진 곳의 한적한 길가. 챙이 넓은 초립을 덮어쓴 한 사내가 수통의 물을 마시고 있었다. 두어 모금 물을 마신 사내는 이내 수통을 허리춤에 매달고는 입가에 묻은 물기를 손등으로 닦아냈다.

입고 있는 옷은 고급 비단으로 만들어진 것이었지만 험한 길을 온 탓인지, 여기저기 빛이 바래고 먼지가 가득한 데다 닳은 곳이 많았다. 그 자리에서 자신의 꼬락서니를 흘낏 본 사내는 가볍게 손짓했다.

휘이잉!

사내의 손끝에서 시작된 바람이 옷에 묻은 먼지를 단숨에 털어 나갔다. 사내는 소매를 허공에 떨쳐내며 나직이 중얼거렸다.

"더 기다리게 했다간 무슨 소릴 들을지 모르니 서둘러야겠군. 이미 먼저 도착해 있을 테니 말야."

조용히 초립을 고쳐 쓴 사내는 곧장 어딘가를 향해 바람처럼 사라져 버렸다.

*　　　*　　　*

머리가 아팠다. 워낙에 오랜 시간 동안 낡은 죽간을 뒤지고 익숙지 않은 고어를 해독하느라 신경을 많이 쓴 탓이었다. 양지하는 지끈거리는 이마를 손으로 매만지며 한숨을 내쉬었다.

"후우, 좀 쉬어야겠네."

쉽게 볼 수 있게 사방에 펼쳐 놓은 자료들을 정리하고 몸을 일으킨 양지하는 천천히 돌아섰다. 언제 온 것인지 사진량—의 얼굴을 한 남궁사혁—이 비밀 서고의 문 앞에 서 있었다.

"이제야 쉬려는 거냐?"

남궁사혁의 낮은 음성에 양지하는 가만히 고개를 끄덕였다. 그러면서도 조용히 물었다.

"언제부터 거기 있었던 거예요?"

"방금. 방으로 돌아갈 거냐?"

"아뇨, 그냥 요 앞에 있는 방에서 잠시 쉬려고요."

"그렇군."

남궁사혁은 가만히 고개를 끄덕이며 이내 천천히 돌아섰다. 멍하니 그 모습을 바라보던 양지하가 퍼뜩 정신을 차리고는 다급히 입을 열었다.

"그 말을 하려고 여기까지 찾아온 거예요?"

걸음을 멈춘 남궁사혁이 천천히 양지하에게로 고개를 돌렸다. 가만히 양지하와 눈을 마주한 남궁사혁은 무심한 얼굴로 조용히 대꾸했다.

"그냥 보러 왔을 뿐이다."

그 말을 남기고는 남궁사혁은 그대로 비밀 서고를 나섰다. 양지하는 한참이나 그 자리에 선 채로 남궁사혁이 사라진 방향을 멍하니 쳐다보았다.

무표정한 얼굴을 한 채 비밀 서고를 빠져나온 남궁사혁은 한참이나 말없이 길게 이어진 복도를 걸어 나갔다. 주위에 아무런 인기척이 없는 것을 확인한 남궁사혁은 언제 그랬냐는 듯 미간을 찌푸리며 길게 기지개를 폈다.

"으아아아! 이놈의 무표정 연기, 지루해 죽겠네. 도대체 이 자식은 어떻게 살아왔길래 이런 얼굴이 된 거야?"

구시렁거린 남궁사혁은 양손으로 볼을 이리저리 문지르며 굳은 얼굴 근육을 풀었다. 워낙에 무표정한 얼굴을 달고 살다 보니 근육이 뻣뻣해지는 것 같았다. 혹시라도 인피면구가 상할까 싶어 강하게는 못 하고 그냥 살짝 문지르는 정도였다. 여유분이 하나 있기는 하지만 언제 무슨 일이 생길지 모르는 일이니 인피면구가 상하는 것은 최대한 막아야 했다.

이리저리 얼굴 근육을 풀던 남궁사혁은 다가오는 인기척을 느끼고는 이내 원래의 무표정한 얼굴로 돌아왔다.

잠시 후, 복도 끄트머리에서 시비가 나타났다. 조용히 걸음을 옮기는 남궁사혁을 발견한 시비는 고개를 숙이며 복도 한쪽 옆으로 물러났다. 시비를 스쳐 지나친 남궁사혁은 입꼬리를 살짝 말아 올리며 조용히 중얼거렸다.

"간만에 그 녀석들이나 보러 가볼까?"

넓은 폐관수련장.

덩치 큰 두 사내가 땀을 뻘뻘 흘리며 격렬한 비무를 펼치고 있었다. 어느 누구도 승기를 잡지 못하고 팽팽한 균형을 유지하고 있는 상황이었다.

"차합!"

"크업!"

절로 터져 나오는 우렁찬 기합 소리가 주위를 크게 뒤흔들었다. 힘과 힘, 근육과 근육이 맞부딪치는 소리가 연이어 터져 나왔다.

콰득! 쾅! 파팡!

얼핏 보기에도 살벌하기 짝이 없는 비무였다. 하지만 정작 쉴 새 없이 공방을 주고받는 두 사람의 얼굴엔 미소가 지어져 있었다. 무공이 점차 향상되어 가고 있다는 것을 서로의 주먹으로 확연히 느끼고 있는 탓이었다.

"거참! 많이 늘었구먼, 동생!"

짐짓 감탄한 어조로 고태가 소리쳤다. 그러면서도 강하게 그러쥔 주먹을 내뻗는 것을 멈추지 않았다. 고개를 살짝 꺾어 고태의 주먹을 피한 관지화의 귓가로 묵직한 파공성이 스쳤다.

관지화는 히죽 미소를 지으며 고태의 품속으로 파고들며 주먹을 연속으로 내질렀다.

"에헤이! 이 정도로 그러시면 서운합니다요, 형님!"

하나하나가 묵직한 기운을 담은 관지화의 연환권이 맹렬한 기세로 파고들었다. 고태는 조금도 당황하지 않고 뒤로 두어 걸음 물러나며 양손으로 관지화의 주먹을 일일이 쳐냈다.

팡! 파팡!

주먹과 손바닥이 부딪친 자리에서 크게 부풀어 오른 가죽북이 터져 나가는 소리가 연이어 터져 나왔다. 강한 반탄력에 두 사람은 몇 걸음이나 뒤로 물러났다. 일 장 정도의 거리를 두고 멈춰 선 두 사람은 씨익 미소를 지었다. 그러곤 마치 약속이나 한 것처럼 동시에 두 사람은 서로를 향해 달려들었다.

타탓!

달려든 두 사람의 신형이 서로 교차하려는 순간! 막대한 내공을 머금은 주먹이 서로의 안면을 향해 날아들었다.

파파팍!

터져 나오는 파공성에 주위가 크게 울릴 정도였다. 조금도 사정을 봐주지 않고 전력을 다한 주먹이 교차하고 거의 동시에 안면을 가격하려는 순간.

"거기까지!"

갑자기 들려온 누군가의 낮은 외침에 두 사람은 그대로 돌이라도 된 듯 멈췄다. 타격음은 전혀 없었다. 서로의 볼에 닿기 직전에 주먹을 멈추고 경력을 거둬들인 탓이었다. 얼마 전까지만 해도 고태와 관지화, 두 사람에게는 불가능한 일이었다.

하지만 먹고 자는 시간을 빼고는 오로지 무공 수련에만 매진한 결과, 내공의 수발을 의도한 대로 펼쳐낼 수 있게 되었다. 내공 수위는 이류 정도에 불과했지만 세밀한 조절에는 일류 고수 못지않았다.

장일소의 심득을 바탕으로 재창조된 무공 구결과 한없이

실전에 가까운 비무를 끊임없이 반복한 결과였다. 뿐만 아니라 때때로 압도적인 모습으로 두 사람을 제압하는 사진량과 남궁사혁과의 비무도 무공 발전에 커다란 자양분이 되었다.

오랫동안 실전 비무를 통해 합을 맞춰온 덕분인지 고태와 관지화 두 사람은 이류 수준의 내공 수위로도 구파일방의 장로급 고수를 상대할 수 있을 정도였다. 그만큼 두 사람의 무공은 비상식적인 면이 강했다. 물론 사진량이나 남궁사혁이 진심으로 상대한다면 채 십 합을 버티지 못하겠지만.

서로의 주먹을 교차한 채로 멈춰 선 두 사람의 시선이 천천히 목소리가 들려온 방향으로 향했다. 어느새 활짝 열려 있는 폐관수련장의 입구에 뒷짐을 진 채 서 있는 사진량의 모습이 보였다. 다급히 주먹을 거둬들인 두 사람은 동시에 고개를 숙이며 포권을 취했다.

"가, 가주를 뵙습니다!"

"가주를 뵙겠구먼유!"

사진량의 얼굴을 한 남궁사혁은 천천히 두 사람에게 다가가며 입을 열었다.

"보아하니 폐관수련은 잘되어가는 모양이로군."

"덕분이구먼유."

고태가 순박한 미소를 지으며 뒷머리를 긁적였다. 관지화는 말대신 의기양양한 얼굴로 히죽거렸다. 자신들의 무공이 이전과 다른 차원으로 발전했다는 것을 잘 알고 있는 탓이었다.

하지만 남궁사혁이 보기에는 여전히 미진한 점이 많았다. 믿을 만한 사람이 많지 않은 상황에서 큰 전력이 되기는 힘든 수준이었다. 가만히 두 사람을 지켜보던 남궁사혁이 입꼬리를 살짝 말아 올렸다.

"많이 늘긴 했지만……."

남궁사혁이 조용히 말꼬리를 흐리자 관지화가 고개를 갸웃했다.

"예에?"

"아직 많이 모자라."

말을 마침과 동시에 남궁사혁의 신형이 흐릿해졌다.

스팍!

귓가를 스치는 파공성에 화들짝 놀란 고태가 움찔하며 뒤로 물러나려 했다. 하지만 어느새 바짝 다가온 남궁사혁의 주먹이 고태의 옆구리에 작렬했다.

퍼억!

"컥!"

고통에 찬 신음을 터뜨리며 그대로 튕겨 나가는 고태의 모습에 관지화의 눈이 휘둥그레졌다. 이내 관지화는 다급히 뒷걸음질 치며 주먹을 꽉 그러쥐려 했다. 하지만 머릿속에 떠올린 것을 채 행동으로 옮기지 못했다. 벌써 남궁사혁의 주먹이 관지화의 복부를 깊이 파고든 탓이었다.

퍼어억!

"꾸에엑!"

묵직한 타격음과 함께 관지화는 꼴사나운 비명을 지르며 튕겨 나가 바닥에 뒹굴었다.

쿠당탕! 쿵탕!

그제야 폐관수련장 입구에 아직까지 남아 있던 잔영이 구름이 흩어지듯 사라지고 널브러진 두 사람 사이에 남궁사혁이 나타났다. 오른손은 뒷짐을 쥔 채 왼손만 그러쥐고 있던 주먹을 천천히 펴며 남궁사혁이 입을 열었다.

"언제, 어떤 상황에서도 당황하지 않고 대응할 수 있도록 철저히 감각을 단련시켜라. 잠든 순간이라 해도 절대 방심이란 있어서는 안 될 것이다."

"며, 명심하겠구먼유."

"아, 알겠습니다, 가, 가주."

고태와 관지화는 남궁사혁에게 무자비하게 격타당한 부위를 손으로 문지르며 비틀비틀 몸을 일으켰다. 한순간 숨이 탁, 하고 막힐 정도로 강렬한 타격이었지만 꼼짝도 하지 못할 정도는 아니었다.

아니, 애초에 금방 일어날 수 있도록 힘 조절을 한 것 같았다. 두 사람이 몸을 일으키자 남궁사혁은 뒷짐을 진 오른손을 들어 두 사람에게 손짓했다.

"와라. 전력을 다해야 할 거다."

남궁사혁의 좌우에 있던 고태와 관지화 두 사람은 짧은 순간 눈빛을 교환한 후, 주먹을 그러쥐었다. 그리고 약속이나 한 듯 동시에 우렁찬 기합을 토해내며 남궁사혁을 향해 달려들었다.

"우아압!"

"우리야압!"

맹렬한 기세로 달려드는 두 사람의 모습을 흘낏 쳐다본 남궁사혁의 입가가 저도 모르게 살짝 말려 올라갔다.

"으아아! 그래도 몸 좀 풀었더니 그동안 묵었던 체증이 싹 가시네. 겸사겸사 생각날 때마다 찾아와야겠어."

남궁사혁은 먼지 묻은 손을 가볍게 털어내며 중얼거렸다. 별다른 생각 없이 폐관수련장에 들른 것이었는데 어쩐지 답답함이 많이 가신 듯했다. 그 대가로 고태와 관지화는 두 시진은 몸을 가눌 수 없을 정도로 두드려 맞기는 했지만.

그래도 평소처럼 일방적인 구타를 하는 것이 아니라, 조금은 비무를 하는 시늉은 해보였으니 자신이 남궁사혁이라는 것을 눈치채지는 못할 것이다. 고태는 약간의 눈치라도 있긴 하지만, 관지화는 눈치라고는 쥐똥만큼도 없는 근육 바보였으니.

안 그래도 축 늘어져 있는 두 사람에게 닷새 후에 또 오겠다고 말을 남긴 참이었다. 주기적으로 찾아가 폐관수련의 성과를 확인한다는 핑계로 두 사람을 구타해 사진량을 연기하느라 쌓인 정신적인 부담감을 한 번에 해소할 셈이었다.

별생각 없이 들렀다가 탁월한 효과를 느꼈으니 마다할 이유가 없었다. 남궁사혁은 전에 없이 히죽 미소를 지으며 폐관수련장을 빠져나왔다.

쿠구구!

폐관수련장의 문이 닫히는 소리를 들으며 고태와 관지화는 거친 숨을 몰아쉬었다. 폐관수련장 바닥에 큰 대자로 드러누워 있는 두 사람은 손가락 하나 꼼짝할 수 없었다. 사진량(남궁사혁)에게 엄청나게 두드려 맞은 탓이었다. 온몸이 뻐근하고 뼈마디가 시큰거렸다.

한데 이상한 것은 의식이 또렷하기만 하다는 것이었다. 고태는 반쯤 눈을 감은 채 조금 전 사진량과의 비무를 머릿속에 떠올렸다.

"후억! 후억!"

가슴이 크게 들썩일 정도로 거친 숨을 몰아쉬며 고태는 머릿속에 떠올린 사진량의 움직임을 좇으려 애쓰고 있었다. 하지만 도무지 그림자조차도 쉽사리 잡아낼 수 없었다. 무언가 눈앞을 스쳤는가 하면 주먹이 날아오고, 희끗한 것이 보이는가 싶으면 발이 날아와 얻어맞곤 했다. 무공을 전혀 모르던 상태에서 지금의 실력을 쌓기까지 각고의 노력을 기울인 고태였지만, 사진량의 무공은 도무지 가늠조차 할 수 없을 정도였다.

고태가 몇 번을 다시 태어난다 해도 사진량의 무공을 따라잡기는커녕 흉내조차도 낼 수 없을 것 같았다. 간혹 어떻게든 반격을 해보라는 듯 일부러 사진량이 빈틈을 보이기도 했지만 방법을 떠올릴 수 없었다. 어떤 수를 써도 공격을 성공시킬 수 없을 것 같았다.

하지만 무언가 달랐다.

폐관수련을 시작하기 전에 상대한 사진량과는 무어라 설명할 수는 없지만 다른 느낌이 들었다. 어쩐지 자신을 후려치는 주먹에 감정이 담겨 있는 것 같았다. 이전에 사진량을 상대했을 때에는 사람이 아닌 태풍이나 지진 같은 자연재해를 마주한 것 같았다. 하지만 오늘은 달랐다.

자연재해를 떠올릴 만큼 도무지 상대할 수 없다는 막연한 느낌이 아니라, 피와 살이 있는 사람을 상대하는 기분이 들었다. 물론 자신을 아득히 넘어서는 압도적인 강함은 다르지 않았지만.

"크허억! 크헉! 제길! 나, 나도 제법 강해졌다고 생각했는데 말입니다. 거, 옷깃 하나 스치지 못했수. 정말로 무지막지하게 강하시더구만."

고태 못지않게 가슴을 크게 들썩이며 숨을 몰아쉬던 관지화가 한탄하듯 말했다. 고개를 돌릴 힘도 없어 눈알을 굴려 흘낏 관지화를 쳐다보며 고태가 대꾸했다.

"흐어억! 그, 그건 그렇구먼."

"근데말요. 후욱! 어, 어쩐지 가주께서 좀 다, 달라진 것 같지 않수. 허억! 허억!"

막 생각한 바를 관지화가 말로 뱉어내자 고태는 눈을 크게 떴다. 역시나 관지화도 자신과 같은 생각을 한 것이었다.

"과, 관 동생도 그리 느꼈남? 후우욱! 후욱! 나도 어, 어쩐지 그런 것 같긴 했는디."

"역시……! 크허업! 형님도 그러셨구려. 후악! 가주께서 일부러 그러시는 건지 모르겠지만 다, 다음에는 옷깃이라도 스쳐봅시다, 우리."

"후어업! 그, 그러자고."

이전과 달라진 사진량의 모습에 서로 결의를 다지는 고태와 관지화, 두 사람이었다. 조금 전까지 자신들이 상대한 것이 사진량이 아닌 남궁사혁이라는 생각을 조금도 하지 못하는 두 사람이었다.

그렇게 두 사람은 그 자리에 드러누운 채 한 시진이 넘도록 꼼짝도 하지 못하고 계속해서 숨을 고르며 운기를 취했다.

한 시진 반이 지난 후.

먼저 몸을 일으킨 것은 관지화였다. 그래도 고태보다 무공을 먼저 익힌 덕에 조금이라도 내공의 회복이 빠른 것이었다. 반각 후, 뒤이어 고태가 벌떡 몸을 일으켰다. 아직 온몸이 뻐근하긴 했지만 충분히 움직일 수 있을 정도였다.

"어떻수, 형님? 밥부터 먹고 할까요?"

"글씨… 배가 좀 고픈 것 같긴 헌디……. 그래도 일단 몸부터 푸는 게 좋을 것 같구먼."

고태의 말에 관지화는 씨익 미소를 지으며 주먹을 그러쥐었다. 몸에 힘을 주자 근육이 미세하게 부르르 떨며 고통을 토로했다. 하지만 관지화는 아랑곳하지 않고 꽉, 쥔 주먹을 고태를 향해 내밀며 말했다.

"역시, 그럴 줄 알았수. 그럼 어디 한번 간단하게 몸이나 풀어봅시다."

"그러자고."

두 사람은 살짝 비틀거리면서도 망설임 없이 서로를 향해 달려들었다.

팡! 파팡!

뒤이어 터져 나오는 묵직한 파공성.

두 사람은 허기도 잊은 채 온 힘을 다한 손속을 빠른 속도로 주고받기 시작했다.

*　　　*　　　*

홍영은 침상에 가부좌를 틀고 앉아 운기조식을 취하고 있었다. 기다림의 무료함을 이기지 못하고 아예 생각을 끊고 무아지경에 빠진 것이다. 절정에 이른 고수라면 언제든 무아지경에서 빠져나올 수 있으니, 시간을 때우기에는 적당한 선택이라 할 수 있었다. 벌써 두 시진이 넘은 터라 홍영의 온몸에서는 희미한 아지랑이가 피어오르고 있었다.

슈우우우우—!

어느샌가 홍영의 몸에서 피어오르는 아지랑이가 방 안을 가득 채웠다. 홍영을 중심으로 아지랑이가 천천히 회전하기 시작했다.

그때였다. 갑자기 홍영이 번쩍 눈을 뜨며 숨을 크게 들이쉬었다. 주위를 맴돌던 아지랑이는 순식간에 홍영의 콧속으로 빨려 들어갔다. 눈을 뜬 홍영이 나직이 중얼거렸다.

"도착했군."

홍영은 가부좌를 풀고 침상에서 내려왔다. 그리고 차를 준비했다. 방을 빌릴 때부터 미리 객잔에 말해 찻잎과 다기를 준비해 둔 터라 작은 화로에 불을 피우고 물을 끓이기만 하면 되었다. 주전자에 물을 붓고 화로에 얹어 끓어오르기를 기다리며 홍영은 가만히 방문을 쳐다보았다.

똑똑!

이내 누군가 문을 두드리는 소리가 들려왔다. 홍영은 내공으로 불을 키워 물을 빠르게 끓도록 만들며 조용히 입을 열었다.

"들어오시게나. 오래 기다렸다네."

끼이익—!

경첩의 낮은 마찰음과 함께 문이 천천히 열렸다. 그리고 챙이 넓은 초립을 쓰고, 낡은 비단옷을 입은 사내가 방 안으로 들어섰다. 안으로 들어선 초립 사내는 홍영을 보고는 문을 닫고 천천히 다가왔다.

홍영의 맞은편에 멈춰 선 사내는 초립을 벗어 탁자에 내려놓았다. 호리호리한 체구에 칼날처럼 날카로운 눈매가 드러났다. 초립을 내려놓은 날카로운 눈매의 사내는 그대로 자리에 앉으며 말했다.

"오랜만이로구만, 망할 홍괴 놈아."

다소 정중한 어투였던 홍영과는 달리 어릴 적부터 오랫동안 알아온 친우를 대하는 말투였다. 사내의 말에 홍영의 미간이 살짝 찌푸려졌다.

"에잉, 망할 놈. 간만에 만나자마자 막말부터 내뱉는 게냐? 하여간에 사파 놈들은 이래서 안 된다니까?"

가는 말이 고와야 오는 말이 고운 법이다. 홍영은 인상을 찌푸린 채 조금 전의 정중한 말투와는 전혀 다른 가벼운 말투로 퉁명스레 툭 내뱉었다. 날카로운 눈매의 사내가 더욱 날카로운 눈빛으로 홍영을 쏘아보며 대꾸했다.

"뭐어? 사파 놈이 뭐가 어쩌고 어째? 이놈의 거지 놈이 하도 간만이라 눈에 뵈는 게 없나 보구나? 어디 한판 붙어볼까?"

"어쭈? 높은 자리에 앉았다고 이제는 형님도 몰라보는구나. 아이고, 이놈의 망할 세상! 말세로구나, 말세야."

서로 으르렁거리며 날카로운 눈빛을 부딪치던 두 사람은 이내 물이 부글부글 끓어오르는 소리에 퍼뜩 정신을 차리고는 언제 그랬냐는 듯 인상을 풀고 자리에 앉았다.

"커, 커험험! 이, 이럴 때가 아니지."

"그렇구려. 사담은 나중에 나누는 것이 좋겠소이다."

동네 철부지들이 말싸움하듯 으르렁대던 두 사람의 모습은 온데간데없이 사라졌다. 잠시 말이 없어진 두 사람 사이에 어색한 침묵이 맴돌았다. 홍영은 끓는 물에 찻잎을 털어 넣고는 차가 적당히 우러나기를 기다리는 시늉을 했다. 날카로운 눈매의 사내는 연신 낮은 헛기침을 했다.

잠시 시간이 지나고 차가 적당히 우러나자 홍영은 차를 따르며 입을 열었다.

"긴 이야기가 될 듯하니 차나 한잔하시지요, 사도맹주."

홍영의 맞은편에 앉은 날카로운 눈매의 사내. 그는 바로 정사연합무맹의 이인자이자, 중원 무림의 사파의 거두, 사도맹주 막위운이었다.

개방의 방주와 사도맹주.

무림인 중 누가 보았다면 대경실색할 이 놀라운 조합의 인연은 두 사람이 태어났을 때부터 시작되었다. 한마을에서 나고 자란 두 사람은 홍영이 네 살, 막위운이 세 살이 되었을 때에 불어닥친 역병으로 양친을 잃고 떠돌이 거지가 되었다.

워낙에 어린 나이 탓에 온갖 죽을 고생을 하며 항상 붙어 다니던 두 사람이 다른 길을 가게 된 것은 떠돌이 생활을 한 지 삼 년이 지난 후였다. 타고난 독기로 뒷골목 심부름꾼으로 정착한 막위운과는 달리, 홍영은 구걸을 하다 개방 장로의 눈에 띄어 개방에 입문한 것이었다.

서로의 길은 달라졌지만 두 사람은 남모르게 계속 친분을 쌓아갔다. 친형제처럼 생사고락을 함께 나눈 두 사람에게 정사의 구분은 무의미한 것이었다.

하지만 두 사람의 관계는 다른 이에게는 전혀 알려지지 않았다. 앙숙과도 같은 정파와 사파의 인물이 친형제처럼 지낸다는 것이 알려진다면 서로에게 위험한 일이 될 것이 뻔했기 때문이었다. 각자의 위치에서 두 사람의 신분이 높아질수록 위험은 더욱 커졌다. 때문에 두 사람은 이십 년이 넘도록 서로 얼굴을 마주한 적이 없었다. 그저 밀서를 통해 서로의 소식을 전했을 뿐이었다.

이십여 년 만의 만남이었지만 두 사람의 사이에 흐르는 공기는 심각하기 짝이 없었다. 현 무림의 상황이 그만큼 심각한 까닭이었다. 홍영이 먼저 찻잔을 집어 들며 물었다.

"그래. 정사맹은 어떻던가?"

"예상대로일세. 수뇌부 중 일부에 마도의 간자가 있는 것은 틀림없다네."

자못 심각한 얼굴로 막위운이 대답했다. 그럴 줄 알았다는 듯 홍영은 가만히 고개를 끄덕이며 차를 한 모금 마셨다. 찻잔을 내려놓으며 홍영이 다시 물었다.

"누군지 짐작 가는 자가 있는 눈치로군. 거, 사도맹의 정보망도 제법이로구만."

"언제까지고 개방의 정보망이 최고일 순 없지 않은가."

"뭐어? 지금 개방을 무시하는 거냐?"

"무시한 건 홍괴, 네놈이 먼저였지!"

"아 놔! 이 건방진 사파 종자 놈이 또 막말을 마구 내뱉는

구만? 진짜 오랜만에 한판 뜰까?"

차를 마시며 예의를 차리는가 싶더니 어느새 다시 다투기 시작하는 두 사람이었다. 한참을 네가 잘났네, 내가 잘났네 말싸움을 하던 홍영은 포기했다는 듯 헛기침을 하며 말했다.

"커험! 누가 보는 것도 아닌데 예의는 무슨! 그래, 말싸움은 여기까지 하고, 단도직입적으로 묻자. 누구냐, 그 간자로 의심되는 자가?"

막위운의 얼굴이 순간 어두워졌다. 이내 막위운의 대답이 조용히 흘러나왔다.

"듣고 깜짝 놀라지나 마라, 홍괴 놈아. 그게 누구냐면……."

第三章
검은 파도

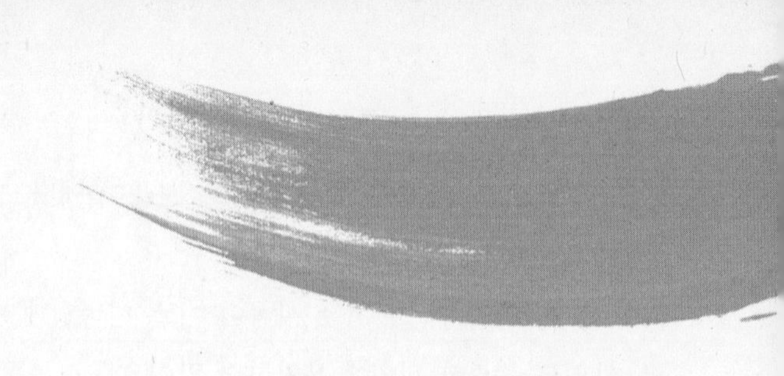

정사연합무맹의 대회의실.

정의맹주 관영효를 비롯한 십사 인의 정사맹 수뇌부가 한 자리에 모여 있었다. 마도에 대한 새로운 정보가 하오문을 통해 전해져 긴급회의가 열린 것이었다. 하지만 이전과는 달리 한 사람의 모습이 보이지 않았다. 정사맹을 이루는 두 기둥 중 하나인 사도맹주 막위운이었다.

"사도맹주가 보이지 않는구려."

주위를 둘러보던 관영효가 천천히 입을 열었다. 사도맹의 모태량 총관이 조용히 대답했다.

"개인적인 사정이 생겨 앞으로 열흘 후에나 무맹에 돌아올 예정입니다."

"개인적인 사정? 지금 시국이 어느 시국인데 개인적인 사정 따위로 중요한 회의에 불참한단 말이오!"

"이거야 원! 사도맹주는 무림의 평화보다 자신의 일이 더 중요하단 말이오?"

"역시! 처음부터 사파 놈들과 힘을 합친다는 게 말도 안 되는 일이었소이다!"

정파의 인물들이 기다렸다는 듯 맹비난을 퍼부어대기 시작했다. 모태량을 비롯한 사파의 인물들은 저도 모르게 왈칵 인상을 구겼다. 왼쪽 눈에서 볼까지 길게 찢어진 검흔이 있는 중년 무인이 참지 못하고 버럭 소리쳤다.

"지금 말이 너무 심한 거 아니오? 그러는 그쪽도 지난번 회의에는 불참하지 않으셨소? 그때는 아무도 뭐라고 하지 않더니 지금은 왜 다들 물어뜯지 못해 안달이 나신 게요? 내가 하면 순애(純愛), 남이 하면 불륜이라더니……!"

"그러게나 말이오! 이거야 원, 하여간에 점잖은 체하면서도 우릴 못 잡아먹어 안달이지."

"뭐요? 지금 뭐라고 하셨소!"

"다시 한 번 말해보시오! 지금 당장!"

한번 언성이 높아지기 시작하니 저마다 얼굴을 붉히며 버럭 소리쳐댔다. 한순간에 회의실이 시장통처럼 번잡해졌다. 어느샌가 서로를 노려보는 눈빛에 살기가 담겼다. 누군가가 먼저 손을 쓴다면 순식간에 싸움터가 되어버릴 것 같았다. 그때였다.

"모두 조용하시오!"

조용하지만 묵직한 음성이 소란통을 뚫고 회의실을 뒤흔들었다. 커다란 탁자의 양쪽에서 서로를 향해 소리치던 정사맹의 수뇌부들은 저도 모르게 입을 다물고 소리가 들려온 방향으로 고개를 돌렸다.

정의맹주 관영효가 호안을 빛내며 좌중을 가만히 지켜보고 있었다. 압도적인 위압감에 누구도 섣불리 입을 열지 못했다. 주위가 조용해지자 관영효가 천천히 입을 열었다. 모두의 시선이 관영효에게로 집중되었다.

"지금부터 서로의 감정을 상하게 하는 발언은 엄금하겠소이다. 만약 내 귀에 누군가를 헐뜯거나 비방하는 소리가 들린다면 정사를 막론하고 절대 용서치 않을 것이니 명심들 하시오. 아시겠소?"

조용한 음성이었지만 묵직한 무게감이 느껴지는 관영효의 말에 누구도 무어라 대꾸하지 못했다. 관영효를 향한 시선에는 긴장감이 잔뜩 서려 있었다.

꿀꺽!

누군가 긴장을 감추지 못하고 침을 삼키는 소리가 커다랗게 들려왔다. 하지만 누구도 소리가 들린 곳으로 고개를 돌리지 않았다. 모두의 시선이 관영효에게로 고정되어 있었다. 관영효가 길게 한숨을 내쉬며 말을 이었다.

"다들 잘 아시겠지만 무림에 위기가 닥친 이런 시기에 내분이 있어서는 아니 되는 일이외다. 본 맹의 내분은 마도가 오히려 바라마지 않는 것일 테니 말이오. 내 언사가 과격했다면 부디 이해해 주시기를 바라겠소."

관영효는 천천히 일어나 좌중을 향해 포권을 취하며 고개를 숙였다. 조금 전의 압도적인 위압감을 드러내던 것과는 완전히 다른 관영효의 모습에 정파의 인물들이 자못 당황한 음성을 토해냈다.

"그, 그렇다고 맹주께서 고개를 숙이실 것까지야……!"

"아, 알겠습니다. 이후 분란은 절대 없을 것입니다. 그러니 어서 고개를 드시지요, 맹주."

당황한 정파인들과는 달리 사파인들의 표정은 시큰둥해 보였다. 일방적으로 매도를 당한 탓이었다. 하지만 정파의 중심이랄 수 있는 관영효가 고개를 숙이는데 대놓고 무어라 불만을 토해낼 수 없었다.

"커, 커험험. 과, 관 맹주께서 그러시니 이번 일은 없던 것으로 하겠소이다."

"다, 다들 쓸데없는 분란은 삼가십시다."

가장 먼저 버럭 하며 소리친 왼쪽 눈에 검흔이 난 사파인이 헛기침을 하며 말하자, 다른 이들도 저마다 고개를 끄덕이며 동의했다. 가만히 그 모습을 지켜보던 관영효는 다시 자리에 앉으며 조용히 입을 열었다.

"그러면 다시는 이런 일이 없을 거라 믿고 회의를 시작하겠소이다. 알고 계신 분도 있겠지만 이번 회의는 본 맹의 정보부에서 알아낸 일에 대해 의논하기 위함이라오."

순식간에 진지한 회의 분위기가 되었다. 관영효의 말에 사파인 하나가 조심스레 물었다.

"정보부의 일이라니……? 무엇입니까?"

"개방과 하오문, 그리고 흑회의 정보망을 통합해 중원 전역의 문파의 뒷조사를 실시한 것은 모두들 잘 알고 계실 것이오."

관영효는 잠시 말을 끊고 주위를 둘러보았다. 저마다 고개를 끄덕이거나 관영효에게 시선을 두고 집중하고 있었다. 나직이 숨을 들이쉰 관영효가 다시 말을 이어나갔다.

"하지만 각 문파의 조사는 한 번으로 끝난 것이 아니었다오. 언제 꼬리가 잡힐지 모르는 일이니, 은밀하게 정보부의 눈을 떼지 않고 있었지. 그 덕분인지 몇 개의 문파가 마도와 손을 잡았다는 증거를 확보할 수 있었소이다. 오늘 회의는 그

문파의 처우를 결정하기 위해 소집한 것이라오."

말을 마친 관영효가 가볍게 손을 튕기자 굳게 닫혀 있던 회의실 문이 살짝 열렸다. 밖에서 미리 대기하고 있던 무인 하나가 한 손에 두꺼운 서류 뭉치를 들고 안으로 들어왔다.

고개를 깊이 숙이며 회의실 안의 사람들에게 인사를 한 무인은 서류 뭉치를 각자에게 나눠주고는 들어왔을 때처럼 조심스레 밖으로 나갔다. 회의실 문이 닫히자 자신의 앞에 놓인 서류를 흘끗 내려다본 누군가가 물었다.

"이게 뭡니까, 맹주?"

"좀 전에 말한 마도와 관련이 있는 문파의 명단이외다. 중원 전역에 걸쳐 상당히 많은 문파가 연루되어 있어 따로 문서로 정리한 것이지요. 꽤 내용이 길 테니 다들 한 번씩 읽어보시구려. 내 기다리고 있겠소이다."

관영효의 말에 모두의 시선이 자신의 앞에 놓여 있는 서류로 향했다. 이내 회의실에는 종이를 넘기는 소리로 가득 찼다. 몇몇 이들에게서는 짧은 탄성이나 신음이 터져 나오기도 했다.

가만히 그 모습을 지켜보던 관영효는 나직이 한숨을 내쉬며 살짝 눈을 감았다.

"허어!"

"이런!"

한참의 시간이 지나 종이를 넘기는 소리가 잦아들 무렵, 관영효는 천천히 눈을 떴다. 워낙에 많은 문파가 연루되어 있던 탓에 다들 놀람을 넘어서 심각한 얼굴을 하고 있었다. 일부 정파인은 서류를 든 손을 파르르 떨고 있었다.

"이, 이게 사실입니까, 맹주?"

정파인 중 하나가 떨리는 음성으로 고개를 들고 물었다. 다들 말은 없었지만 같은 의문을 가지고 있는 것 같았다. 관영효가 고개를 끄덕이며 대답했다.

"개방과 하오문, 그리고 흑회의 모든 정보망을 동원해 조사한 내용이오. 그걸 믿지 않는다는 것은 정사맹의 정보망을 신뢰할 수 없다는 말이니……."

관영효는 말꼬리를 흐리며 천천히 고개를 돌려 주위를 둘러보았다. 질문을 던진 이도, 대답을 기다리던 이도 아무런 대꾸도 하지 못했다.

정보력에서 둘째가라면 서러워할 개방과 하오문이었다. 거기에 온갖 뒷 세계의 정보가 흘러 들어오는 흑회까지 가세해 조사한 것이었으니 신뢰도는 최상급이라고 봐야 했다.

"정보가 모두 사실이라는 가정하에 이 문파들은 어찌 처리하실 생각입니까?"

날카로운 눈을 한 사파 중년인이 조용히 질문을 던졌다. 관영효는 깊은 한숨을 내쉬며 천천히 입을 열었다.

"내 개인적인 생각일 뿐이오만… 몇 번 더 검증을 거쳐 마도와 연루된 것이 확실한 문파라면… 그냥 내버려 두진 않을 것이오."

"그냥 내버려 두지 않는다는 말은……."

"그렇소. 반드시 응징할 것이오!"

단호한 관영효의 말이 조용히 퍼져 나갔다. 그의 말에 잠시 침묵이 흘렀다. 하지만 이내 정사를 가리지 않고 저마다 고개를 끄덕이며 동의했다.

"맹주의 말씀이 옳습니다. 마도와 내통한 이들을 절대 용서해서는 아니 될 일이지요."

"감히 마도와 손을 잡다니. 간이 배 밖으로 나온 자들이로구려!"

"중원 무림에 그런 정신 나간 작자들이 이리도 많다니! 어떻게 지금껏 이런 일이 밝혀지지 않은 건지 의문이 들 정도입니다!"

"당연히 응징해야 하는 것이지요! 당연합니다!"

다들 관영효의 말에 찬성하는 분위기였다. 가만히 그 모습을 바라보며 관영효는 다른 이들에게 보이지 않도록 입꼬리를 살짝 말아 올렸다.

그때였다. 회의실 입구에 가까운 구석 자리에 앉아 있던 한 사파인의 낮은 음성이 조용히 좌중에 흘러들었다.

"만에 하나라도 잘못된 정보가 있다면 어쩌실 거요?"

담담하지만 묵직하게 파고드는 음성이었다. 저마다 떠들어 대던 이들이 저도 모르게 입을 다물었다. 그 질문에 대한 대답을 바라는 몇몇 시선이 관영효에게로 향했다. 관영효는 나직이 한숨을 내쉬며 입을 열었다.

"후우우… 정보가 잘못되었을 가능성을 완전히 배제할 수는 없는 일이오. 그러니 몇 차례의 검증을 더 거치자고 말한 것 아니겠소. 하지만 언제 무슨 일이 벌어질지 모르는 일이니 검증에 시간을 많이 들일 수는 없소이다. 앞으로 보름 안에 모든 검증을 마치고, 목록에 오른 문파의 처우를 확실히 결정해야 할 것이오. 마도와 손을 잡은 자들을 용서할 생각은 추호도 없소. 단호히 엄단할 것이오!"

단호하기 짝이 없는 관영효의 말에 누구도 이의를 제기할 수 없었다. 이후에도 다른 안건으로 회의가 계속되었지만, 대부분이 관영효의 제안대로 대처가 결정되었다. 사실 첫 안건의 충격이 너무 큰 탓에 다른 안건에 그리 관심이 가지 않았다는 것이 옳을 것이다.

한참의 시간이 지나 회의실을 빠져나오는 정사맹의 수뇌부들은 다들 굳은 표정을 풀지 못했다.

마도와 손을 잡았다고 의심되는 문파는 정사를 막론하고 그 숫자가 수십에 이르렀다. 개중에는 무림에 꽤나 영향력을 행사하는 거대 문파도 있었다. 다시 검증을 거친다고는 하지만 목록에 있는 문파의 삼 할이라도 마도의 주구임이 확정된다면 무림에 큰 혈풍(血風)이 불어닥칠 것은 뻔한 일이었다. 어쩌면 무림의 기틀이 크게 흔들릴지도 몰랐다. 하지만 어쩔 수 없었다. 이대로 마도의 암약을 지켜보고 있을 수만은 없었으니.

회의실을 빠져나온 수뇌들은 서로 친분이 있는 이들끼리 모여 자리를 떠나며 심각한 얼굴로 조용히 대화를 나눴다. 회의실에서와는 달리 이러저러한 의견이 나오기도 했지만 결론은 하나였다. 마도와 손을 잡은 문파는 절대 용서할 수 없다는 것.

수많은 무림인들이 피를 흘리겠지만 그것은 더 큰 혈란을 막기 위한 어쩔 수 없는 희생이 될 것이다. 그렇게 무림에 한 차례의 혈풍이 서서히 다가오고 있었다.

*　　　*　　　*

"목표는 몇 곳이 남았지?"

쇠를 긁는 듯 거친 음성이 조용히 어둠 속을 뒤흔들었다. 짙은 어둠 속에서 또 다른 거친 음성이 흘러나왔다.

"반 시진 거리에 있는 곳을 포함하면 모두 다섯 군데 남았습니다."

"다섯 곳이라… 사흘 내에 모두 처리할 수 있는 거리인가?"

"서두르면 이틀 안에 가능합니다."

"이틀이라… 그러면 꼬리를 완전히 잘라낼 시간은 있는 거로군."

"그렇습니다."

"안 그래도 요 전부터 계속 거슬렸었는데 잘됐군. 크크크."

싸늘한 웃음소리가 어둠 속에서 흘러나와 조용히 주위로 퍼져 나갔다. 이내 어둠 속에서 진한 살기와 함께 붉은 안광 수십여 개가 번뜩이기 시작했다.

"젠장! 도대체가 꼬리를 잡을 수조차 없으니……!"

을씨년스러운 바람이 불어오는 텅 빈 폐촌에 십여 명의 무인이 있었다. 천뢰일가의 번개 문양을 소매에 새기고 있는 무인들은 바로 총사부 직속, 밀단의 무인들이었다. 근래 천뢰일가의 권역에서 벌어지는 사건을 조사하기 위해 사방으로 흩어진 밀단의 무인들은 오랫동안 주위를 샅샅이 조사했지만 흉수에 대한 별다른 실마리를 잡지 못하고 있었다.

그저 흉수가 다녀간 아무런 생명도, 온기도 남아 있지 않은 텅 빈 폐촌을 찾아낼 뿐이었다. 한심하기 짝이 없는 일이었다. 총사부 밀단이라면 천뢰일가 내부에서도 그 은밀함과 신속성, 그리고 임무를 완수하기까지의 신뢰도가 최상이라 평가를 받는 집단이었다. 개방이나 하오문처럼 광범위한 지역에 세밀한 정보망을 구축하고 있는 것은 아니었지만 적어도 천뢰일가, 오대봉신가의 영역 내에서의 정보만은 그보다 훨씬 세밀하고 정확했다.

하지만 그럼에도 폐촌 사건의 실마리를 조금도 잡아내지 못하고 있으니 답답하기만 했다. 밀단의 전원이 동원되었는데도 이런 상황이었으니. 밀단 편복조장 방형도는 거푸 한숨을 푹 내쉴 뿐이었다.

"젠장할! 모두 다음 지역으로 이동한다!"

빠득 이를 악물며 방형도는 소리쳤다. 주위를 살피던 조원들이 외침을 듣고 한자리에 모였다. 조원의 숫자를 한눈에 헤아린 방형도는 앞장서서 어디론가 달려 나갔다. 곧장 뒤이어 십여 명의 조원이 그 뒤를 좇았다.

타타탓!

어느새 해가 지고 주위가 어둑어둑했다. 걸음을 멈춘 방형도는 조원들에게 야숙을 준비시켰다. 주위가 완전히 어두워진 후였지만 워낙에 익숙한 일이라 조원들은 순식간에 모닥불을 피우고 식사 준비는 물론, 잠자리 손질까지 모두 마무리했다. 이내 모닥불에 걸쳐놓은 커다란 무쇠 솥이 부글부글

끓어오르며 구수한 냄새를 주위로 퍼뜨렸다.

꼬르륵!

하루 종일 아무것도 먹지 못한 탓에 음식 냄새가 전해지자 다들 허기를 참지 못하고 배 소리를 냈다. 방형도는 냉엄한 얼굴로 조원들에게 말했다.

"조금만 참아라. 배고픈 건 알지만 덜 익은 걸 먹었다가 탈 나면 아무도 책임지지 않는다. 제 몸은 스스로 챙기는 거다. 다들 잘 알고 있겠지?"

"물론입니다, 조장!"

방형도는 조원들의 대답에 피식 미소를 지었다. 어쩐지 조원들의 입가에 침이 흐르는 것 같았다.

나무 국자를 꺼내 끓고 있는 죽을 몇 차례 휘저은 방형도는 잘게 찢어 넣은 육포가 적당히 익은 것 같자 조원들을 향해 고개를 끄덕였다. 기다렸다는 듯 달려든 조원들은 순식간에 저녁 식사를 해치우고, 잠자리에 들었다.

타닥! 타다닥!

모닥불이 타오르는 소리가 조용히 들려왔다. 혹시 모를 돌발 상황을 대비한 불침번 셋을 제외한 나머지 인원들은 모두 모포를 덮고 잠들어 있었다. 방형도도 불규칙적으로 들려오는 모닥불 소리를 자장가 삼아 서서히 잠들기 시작했다.

스사삭!

잠이 든 지 얼마나 시간이 지났을까. 방형도는 무언가가 스치는 소리에 천천히 잠에서 깨어났다. 눈을 뜬 방형도는 천천히 상체를 일으켰다. 불침번이 근처 나무에 어깨를 기대고 있는 모습이 보였다. 모닥불은 이미 오래전에 꺼진 듯 희미한 불씨만이 남아 있을 뿐이었다.

휘이잉!

갑작스레 불어온 바람에 오한이 느껴졌다. 방형도는 어깨를 부르르 떨며 나무에 기대고 있는 불침번을 부르려 했다.

"이봐! 거기서 뭐……!"

하지만 방형도의 부름은 더 이상 이어지지 않았다. 나무에 기대고 있던 불침번이 무엇 때문인지 그대로 스르륵 미끄러지듯 쓰러진 탓이었다.

쿠당탕!

불침번이 쓰러지는 소리가 크게 들려왔다. 무언가 잘못됐다는 생각이 방형도의 머리를 스쳤다. 순간 진한 혈향이 코끝으로 전해졌다. 방형도는 그대로 덮고 있던 담요를 집어 던지며 버럭 소리쳤다.

"모두 기상! 적습이다!"

방형도의 발작적인 외침이 터져 나옴과 거의 동시에, 깊이 잠들어 있던 조원들이 마치 기다렸다는 듯 일제히 벌떡 일어났다.

챙! 채챙!

바로 직전까지 잠들어 있던 조원들은 일사불란하게 검을 뽑아 들었다. 어떠한 상황에서도 외부의 습격에 대응할 수 있도록 오랜 시간 훈련을 받아온 덕에 뒤처지는 조원은 아무도 없었다. 다들 검을 뽑아 들자마자 서로의 옆에 서서 원진을 이룬 채 날카로운 눈빛으로 주위를 더듬었다.

모닥불이 꺼진 탓에 주위에는 짙은 어둠이 가득했다. 원진의 중앙에 자리한 방형도는 내공을 끌어 올려 안력을 높이며 날카로운 눈빛으로 주위를 빠르게 훑었다.

아무것도 보이지 않았다.

그저 짙은 어둠만이 주위 가득할 뿐이었다. 하지만 착각이 아니었다. 나무 옆에 쓰러져 피를 흘리고 있는 불침번의 모습이 여전히 눈에 보였다. 미약한 바람에 실려 오는 혈향도 분명히 진짜였다.

꿀꺽!

누군가 침을 삼키는 소리가 마치 벼락처럼 커다랗게 들려왔다. 긴장된 순간에 들려온 소리에 저도 모르게 인상을 찌푸린 방형도가 무어라 질타하려는 순간!

스팍! 스파팍!

귓가를 스치는 날카로운 파공성에 방형도는 버럭 소리쳤다.

"암기다! 모두 방어세를 펼쳐라!"

날카로운 외침과 함께 원진을 이룬 조원들의 움직임이 유기적으로 얽혀가며 희미한 청광이 뿜어져 나오기 시작했다.

날아든 것은 검지 길이만 한 작은 비수 수백 자루였다. 날카로운 빛을 뿜어내며 날아드는 비수에는 살기가 가득 담겨 있었다. 하지만 방형도의 빠른 대처로 빠르게 방어세를 펼친 덕에 비수를 모조리 튕겨낼 수 있었다.

캉! 카캉! 카카카캉!

비수를 쳐내는 날카로운 파열음이 사방에서 터져 나왔다. 검기가 맺힌 검에 부딪친 비수는 날아왔던 방향으로 튕겨 나가거나 박살 나서 바닥에 틀어박혔다. 더 이상 비수가 날아들지 않자 방형도가 버럭 소리쳤다.

"누구냐! 누가 감히 우리가 천뢰일가임을 알고도 암습하려는 거냐! 어서 모습을 드러내지 못할까!"

추상같은 노호가 주위를 뒤흔들었다. 하지만 어둠 속에 은신한 상대는 조금도 자취를 드러내지 않았다. 그저 진한 살기만이 주위 가득했다. 방형도는 아랫입술을 살짝 깨물고는 가만히 주위를 살폈다. 여전히 아무런 인기척도 느껴지지 않았다. 그런데.

스사사삭!

갑작스레 귓가를 스치는 낮은 마찰음과 함께 자신을 둘러

싼 조원들에게서 날카로운 비명이 터져 나왔다.

"크억!"

"컥!"

무엇을 어떻게 당했는지도 알지 못한 채 조원 셋이 피를 토하며 쓰러졌다. 갈라진 목에서 피가 콸콸 뿜어져 나와 주위를 적셨다. 방형도는 물론이고, 원진을 이루고 있던 다른 조원에게까지 피가 튀었다. 눈 깜짝할 사이에 셋이나 절명했음에도 방형도는 상대가 몇인지, 어디에 있는지 감조차 잡지 못하고 있었다. 아니, 애초에 조원이 어떻게 당했는지조차도 몰랐다.

"빌어먹을! 모두 복룡세로 전환하라! 수상한 낌새가 보이면 무조건 움직여야 한다!"

방형도가 버럭 소리치자 남은 조원들이 죽은 이의 빈자리를 채웠고, 원진이 변형하기 시작했다. 상대의 반응에 따라 방어와 공격이 유기적으로 변화하는 것이 복룡세였다. 적의 규모도, 위치도 알 수 없는 지금, 선택할 수 있는 최적의 진세였다.

차차착!

순식간에 동료 셋을 잃었지만 서로의 빈틈을 메우고 변화한 진세는 조금의 흔들림도 없이 완벽하게 펼쳐졌다. 어떤 방향에서 공격이 가해진들 곧장 대응할 수 있도록 만들어진 진세였다.

하지만.

팍! 파파팍!

완벽하기 그지없어 보였던 복룡세도 땅바닥에서 솟아오르는 예상치 못한 공격에는 쉽사리 대응할 수 없었다.

파칵! 스컥!

땅속에서 솟아오른 날카로운 단창이 조원 둘의 발을 꿰뚫고 그대로 심장에 틀어박혔다. 짧은 단말마의 비명과 함께 또다시 둘이 절명했다. 방어와 공격에 유리한 원진을 펼친 것이 오히려 피해를 더 크게 만든 것 같았다.

방형도는 질끈 입술을 깨물며 소리쳤다.

"모두 진세를 풀고 흩어져라!"

외침과 동시에 조원들은 저마다 한 차례 눈빛을 교환하고는 사방으로 흩어지려 바닥을 박찼다. 하지만 순간 짙은 어둠의 장벽이 뿔뿔이 흩어지는 조원들의 앞을 막아섰다.

"크크큭! 고작 한다는 게 달아나는 거냐?"

싸늘한 비웃음이 방형도를 비롯한 편복조의 무인들의 귓가에 날아들었다. 저도 모르게 덜컥 멈춰선 그들의 눈앞에는 살기 가득 찬 붉은 혈광을 흩뿌리는 흑의 복면인 수십 명이 모습을 드러내고 있었다.

"모두… 죽어라!"

귀에 거슬리는 쇳소리와 함께 주위 가득한 짙은 어둠보다 더욱 짙은 살기가 폭발할 듯 터져 나왔다.

타타탓!

이미 날이 저문 지 한참이 지났지만 사진량은 걸음을 멈추지 않고 계속해서 이동하고 있었다. 남은 인피면구를 이용해 이전과 미묘하게 인상이 달라지긴 했지만, 냉혈가나 천뢰일가에서 자신의 뒤를 쫓을 것임은 분명했다.

때문에 철혈가까지의 행로는 사람들이 잘 다니지 않는 외진 곳은 물론, 길이 없는 험지를 크게 돌아가고 있었다. 시간이 몇 배로 드는 터라 사진량은 잠을 줄여가며 최대한 많은 시간을 이동에 투자했다.

쉬는 시간은 고작해야 하루에 한 시진 반, 그것도 잠은 자지 않고 운기조식을 취하는 것이 다였다. 식사는 움직이면서 건량과 육포로 대충 때웠다. 보통 사람, 아니, 어느 정도 수준에 이른 무인이라 해도 금방 지쳐 나가떨어질 정도의 강행군이었다.

하지만 사진량은 전혀 지치지 않았다. 빠르게 이동하는 것에만 집중하다 보니 내공의 소모도 그리 심하지 않았고, 좌공으로 운기조식을 취함으로 잠을 대체할 수 있었다. 그렇게 빠른 이동에 집중한 결과, 사진량은 고작 사흘 만에 천뢰일가 본가의 영역을 지나려 하고 있었다.

한참을 그렇게 쉬지 않고 내달리던 사진량은 달빛이 사라져 주위가 완전히 어두워진 후에야 걸음을 멈췄다.

"후우, 오늘은 이만 쉬는 게 좋겠군."

언제 무슨 일이 생길지 모르는 터라 최상의 몸 상태를 유지하려면 운기조식을 취해야 했다. 그 자리에 멈춰 선 사진량은 적당한 자리를 찾으려 주위를 둘러보았다. 조금 떨어진 커다란 나무 아래가 편히 쉬기에는 좋아 보였다. 곧장 가부좌를 틀고 앉은 사진량은 살짝 눈을 감고 운기조식을 시작했다.

얼마나 시간이 지났을까.

사진량은 귓가로 들려오는 희미한 금속성에 천천히 눈을 떴다. 무아지경에 빠진 채로 운기조식을 취하고 있었지만 외부의 이변에는 언제든지 눈을 뜰 수 있도록 귀를 열어놓은 탓이었다.

챙! 채챙—!

그 자리에서 움직이지 않고 가만히 귀를 기울이자 좀 더 선명한 금속성이 들려왔다. 날붙이가 부딪치는 소리였다. 소리의 잔향으로 보아 꽤나 먼 거리에서 들려오는 것이었다. 사진량은 천천히 몸을 일으켰다.

그저 그런 무림인 간의 소요였다면 별 상관 하지 않고 그냥 지나쳤을 것이다. 하지만 멀리서도 전해지는 희미한 마기가 사진량을 움직이게 만들었다. 몸을 일으킨 사진량은 곧장 소리가 들려온 방향으로 달려 나갔다.

타타탓!

"크아악!"

날카로운 비명과 함께 피를 흩뿌리며 쓰러지는 부하의 고통에 가득 찬 얼굴이 방형도의 눈에 들어왔다. 사방으로 흩어진 다른 부하들의 생사는 알 수 없었다. 살아 있기를 바라마지 않지만, 머릿속을 스치는 불길한 예감을 끝내 뿌리치지 못했다.

"빌어먹을! 네놈들이 감히!"

버럭 소리치며 사력을 다해 내공을 끌어 올린 방형도는 눈앞을 스치는 검은 그림자를 쫓아 검을 내리 그었다.

파콰콰콰!

온 힘을 다한 방형도의 검이 날카로운 파공성을 토해냈다. 하지만 그의 검은 주위를 맴도는 흑의 인영에게 닿지 않았다. 동시에 방형도는 등 뒤와 좌우에서 날아드는 살기를 느끼고는 조금의 망설임도 없이 정면으로 몸을 날렸다.

스팍!

조금만 늦었다면 흑의 복면인의 검에 사지가 꿰여 피투성이로 절명했을 것이다. 아슬아슬한 차이로 피해 목숨을 건질 수는 있었지만 무사하지는 못했다. 방형도는 왼발 뒤꿈치를 크게 베여 피를 뿌리며 바닥을 뒹굴었다.

"크!"

쿠당탕!

급하게 몸을 일으켰지만 왼발 때문에 제대로 서 있을 수가 없었다. 질끈 이를 악문 방형도는 남은 오른발로 강하게 바닥을 박차고 뛰어올랐다.

타탓!

동시에 남은 내공을 모두 쥐어짜며 사방으로 검을 떨쳐냈다.

팍! 파파파팍!

순식간에 희미한 빛을 품은 검막이 방형도의 주위에 형성되었다. 쉬지 않고 검을 떨쳐내는 방형도의 검막은 흑의 복면인들의 공격을 튕겨냈다.

카랑! 카캉!

불꽃이 사방으로 튀고, 날카로운 금속성이 연이어 터져 나왔다. 흑의 복면인들의 공격은 목숨을 내건 방형도의 검막을 뚫지 못했다. 하지만 그것도 시간문제였다.

방형도의 이마가 순식간에 땀으로 흠뻑 젖어들고 있었다.

자연스레 이어지던 내공이 조금씩 끊어지기 시작했다. 눈에 띄게 호흡이 거칠어졌다. 조금만 더 지나면 더 이상 검을 들 수 없을 정도로 지쳐 버릴 것 같았다.

그것뿐만이 아니었다. 조금 전까지만 해도 다섯에 불과하던 흑의 복면인들의 숫자가 두 배로 늘어나 있었다. 아마도 흩어진 방형도의 부하들을 처리하고 돌아오는 것이리라. 하지만 지금의 방형도는 그것을 눈치채지 못하고 있었다. 그저 정신없이 검을 휘둘러 검막을 유지하는 것에만 온 신경을 쏟아붓고 있는 탓이었다.

파캉! 카카캉!

흑의 복면인의 공격을 튕겨낼 때마다 방형도의 검막은 조금씩 희미해져 갔다. 검병을 꽉 움켜쥔 손아귀에 전해지는 충격에 손끝이 파르르 떨려왔다. 손아귀가 찢어지기라도 한 것인지 찌릿한 통증마저 느껴졌다. 그것을 알아챈 흑의 복면인들의 공격이 더욱 거세졌다.

마치 휘몰아치는 폭풍처럼 검은 파도가 되어 방형도의 검막에 부딪쳐 왔다. 쉬지 않고 터져 나오는 불꽃과 금속성이 어두운 밤하늘을 어지러이 뒤흔들었다.

"크아아아아!"

캉! 파카캉!

방형도는 악에 받친 듯 목이 찢어져라 소리를 지르며 검을 휘둘렀다. 하지만 내공의 소모가 극심해 기력이 제대로 이어지지 않았다. 당연히 검막에도 틈이 생길 수밖에 없었다. 게다가 흑의 복면인의 공격을 튕겨내며 허공에 머무는 시간을 조금 늘려 나가긴 했지만 언제 바닥에 떨어질지 모르는 일이었다. 뒤꿈치가 잘려 나간 왼발로는 제대로 착지할 수 없었다.

'제, 제길……! 이대로 끝인가?'

내공이 이어지지 않고 손발이 어지러워지기 시작하자 방형도는 자신의 마지막을 직감했다. 하지만 이대로 허무하게 당할 수는 없었다. 방형도는 질끈 이를 악물고는 자신의 바로 앞에서 달려드는 흑의 복면인을 쏘아보았다.

'한 놈… 단 한 놈이라도 길동무로 삼아주겠다.'

그렇게 결심한 방형도는 검막을 거두고 검병을 꽉 움켜쥐며 남은 내공을 쥐어짜냈다. 검막이 사라지자 기다렸다는 듯 사방에서 흑의 복면인들이 달려들었다.

카카칵!

배후와 좌우에서 날카로운 파공성이 터져 나왔다. 금방이라도 온몸이 갈가리 찢겨 나갈 것 같은 기분이 들었다. 하지만 방형도는 눈을 돌리지 않고 오로지 자신의 앞에 있는 흑의 복면인만을 뚫어져라 쳐다보며 허공을 박차고 달려들었다. 남은 모든 내공을 쏟아부은 마지막 일격이 조금의 흔들림 없이 정면의 흑의 복면인에게 날아들었다.

파콰콰콰!

생명까지 담긴 일격에 터져 나온 파공성은 주위를 크게 뒤흔들었다.

스컥!

하지만 방형도의 공격이 닿기 전에 배후의 공격이 허리 어림을 스쳤다. 살이 베이고 피가 터져 나왔다. 지독한 고통이 뒤이었지만 방형도는 멈추지 않았다. 뒤이어 좌우에서 날아든 공격이 방형도의 양어깨를 베어 넘기려는 순간!

쩌정! 파카캉!

"컥!"

"크억!"

단단한 금속이 박살 나는 파열음과 함께 흑의 복면인의 비명이 연이어 터져 나왔다. 방형도의 공격을 받아치려던 흑의 복면인의 눈이 커졌다. 하지만 방형도는 자신의 주위에서 벌어지는 일을 조금도 눈치채지 못하고 있었다.

그의 눈은 오직 자신의 정면에 있는 흑의 복면인에게 고정되었다. 모든 신경이, 의지가 앞으로 뻗어내는 검에 담겼다. 주위에서 벌어지는 일에 정면의 흑의 복면인의 눈이 커지고 멈칫한 짧은 순간, 방형도의 검이 조금의 저항도 없이 그대로 복면인의 심장을 깊숙이 파고들었다.

콰드득! 푸슉!

근육이 갈라지고, 뼈가 부러지고, 심장이 터져 나가는 소리가 연이어 터져 나왔다. 심장이 꿰뚫린 흑의 복면인은 신음조차 토해내지 못하고 왈칵 피를 토하며 그대로 곤두박질쳤다.

"쿠, 쿨럭!"

검을 뽑아낼 힘도 남아 있지 않았던 방형도가 몸의 균형을 잃고 그대로 바닥으로 떨어지기 시작했다. 흑의 복면인의 심장을 꿰뚫은 검을 놓치며 방형도는 그대로 천천히 눈을 감았다. 의식이 아득해져 갔다. 빠르게 가까워지는 땅바닥이 흐릿한 시야에 들어왔다. 이내 어둠이 찾아왔다.

다행이었다. 바닥에 부딪치기 전에 의식이 완전히 날아가 아무런 통증도 느껴지지 않았다.

한 차례 검을 휘두르는 것으로 자신의 앞을 막아선 흑의 복면인 너덧을 베어버린 사진량의 눈에 피투성이가 된 채 힘없이 떨어지는 사내의 모습이 보였다. 사진량은 곧장 천근추의 수법으로 바닥에 착지해 사내를 받아 들었다.

아예 정신을 놓아버려 축 늘어졌지만 아직 미약한 숨이 붙어 있었다. 온몸에 크고 작은 상처가 가득하고, 출혈이 심했다. 미친 듯 들끓는 혈맥을 이대로 내버려 뒀다간 목숨이 위험했다. 하지만 지금 당장 어떻게 손을 쓸 수가 없었다. 빠른 속도로 다가오는 마기 십여 개를 느낀 탓이었다.

사진량은 조심스레 피투성이 사내, 방형도를 바닥에 내려놓고는 천천히 몸을 일으켰다.

스파팍!

귓가를 스치는 파공성과 함께 사방에서 흑의 복면인이 나타나 사진량에게 달려들었다. 사진량은 눈 하나 깜짝하지 않고 검을 고쳐 쥐고는 조용히 중얼거렸다.

"제 몸이 불타는지도 모르고 불길로 달려드는 부나방 같군 그래."

흑의 복면인을 향한 사진량의 눈빛이 날카롭게 번뜩였다. 어둠 속에서 한 차례 빛이 번뜩이더니 맨 먼저 달려든 흑의 복면인의 가슴이 쩍 갈라졌다.

스컥!

섬뜩한 파육음과 함께 피를 쏟으며 흑의 복면인 하나가 쓰러졌다. 사진량은 표정 하나 변하지 않고 뒤이어 좌우에서 달려드는 흑의 복면인을 향해 검을 휘둘렀다.

쩌적! 파창!

사진량의 공격을 막으려던 흑의 복면인의 검이 사정없이 박살 나며 그대로 목을 베어 넘기고, 심장을 꿰뚫었다. 하지만 그 모습을 보고도 흑의 복면인들은 조금의 망설임도 없이 사진량을 향해 시커먼 마기를 뿜어내며 달려들었다. 사진량의 말대로 죽음을 두려워하지 않고 불길로 달려드는 부나방처럼 보였다.

스컥! 파카칵! 서컥!

"컥!"

"으커헉!"

"끄읍!"

섬뜩한 파육음과 날카로운 파열음, 그리고 고통에 찬 단말마의 비명이 야공을 뒤흔들었다. 사진량의 손에 차례로 쓰러져 가는 흑의 복면인들의 것이었다. 사진량이 모습을 드러내고 채 반각도 지나기 전에 흑의 복면인 열여덟이 사진량의 손에 절명했다. 사진량의 주위는 흑의 복면인들의 시신과 피로 가득했다.

지금 같은 상황이 아니었다면 하나 정도는 살려서 제압해 두었을 터였다. 하지만 손속에 자비를 둘 여유가 없었다. 최대한 빨리 처리하고 목숨이 경각에 달한 천뢰일가의 무인, 방형도를 살려내야 했다. 더 이상은 주위에 흑의 복면인의 기척이 없다는 것을 확인한 후에야 사진량은 조용히 검을 납검했다.

혼자서 절정의 수준에 이른 흑의 복면인 열여덟을 상대하면서도 사진량은 그 자리에서 단 한 걸음도 움직이지 않았다.

그저 그 자리에 가만히 선 채로 검을 이리저리 내리 그었을 뿐이었다.

납검을 하고 천천히 돌아선 사진량은 숨결이 꺼져가는 사내에게 다가갔다.

탁! 타탁!

우선 혈도를 눌러 지혈을 한 후 사진량은 품속에서 금창약을 꺼내 외상을 치료하기 시작했다. 하지만 외상이 문제가 아니었다. 한계 이상의 내공을 끌어 올려 잠력까지 폭발시킨 탓에 미친 듯 날뛰는 기혈을 진정시키지 못한다면 죽음을 막을 수 없었다. 사진량은 사내를 가부좌를 틀어 앉히고는 명문혈에 손을 가져다 댔다.

우우웅!

낮은 진동과 함께 사진량의 손을 타고 사내의 몸에 막대한 내공이 주입되기 시작했다. 명문혈을 통해 주입된 내공은 사내의 혈맥을 조금씩 자극하며 크게 일주천했다. 단전에 이르러서는 더욱 큰 자극으로 흩어지기 시작하는 기의 바다[氣海]의 형태를 강제로 유지했다.

조금 더 시간이 지나자 사내의 몸에서 허연 연기가 뿜어져 나오기 시작했다. 사진량의 내공으로 활성화된 내공이 미쳐 날뛰는 기맥을 바로잡아 가고 있다는 신호였다. 그 덕분인지 금방이라도 꺼질 것 같던 불규칙적인 사내의 호흡이 미약하지만 차분해졌다. 게다가 무의식적으로 내공을 주천시키기 시작했다.

"후우, 이 정도면 급한 불은 끈 셈이로군."

나직이 중얼거리며 사진량은 사내의 명문혈에서 손을 떼어냈다. 사내의 온몸은 땀인지, 피인지 모를 붉은 액체로 흠뻑 젖어 있었다.

천천히 몸을 일으킨 사진량은 내공을 멀리까지 퍼뜨려 최대한 감각을 확장했다. 혹시라도 있을지 모를 생존자를 찾기 위함이었다.

반쯤 눈을 감은 채 주위의 기척을 가만히 탐지하던 사진량은 갑자기 번쩍 눈을 떴다. 미약한 숨소리 두 개가 느껴진 탓이었다. 다행히도 꺼져가는 두 숨소리는 서로 멀지 않았다. 사진량은 곧장 바닥을 박차고 몸을 날렸다.

타탓!

"끄, 끄으으……."

희미한 신음 소리가 들려왔다. 피 웅덩이 사이에 반쯤 얼굴을 파묻고 있는 사내였다. 왼팔이 어깨부터 완전히 잘려 나가고 두 다리가 금방이라도 끊어져 나갈 듯 덜렁거렸지만 아직까지 숨이 붙어 있었다. 사진량은 손가락을 튕겨내 사내의 혈도를 점해 지혈을 했다. 혹시라도 고통을 느낄까 통각마저 차단한 후에야 조심스레 사내를 들어 올렸다. 떨어져 나갈 것 같은 두 다리는 단단히 동여맨 후였다.

주변에 있는 시신은 모두 천뢰일가의 문양을 소매에 수놓은 무인들이었다. 아마도 천뢰일가 주위에서 벌어지는 폐촌 사건의 진상 파악을 위해 파견한 밀단의 무인들 같았다.

사진량은 이들을 습격한 흑의 복면인들을 모조리 도륙한 것이 살짝 아쉬웠다. 하나라도 살려두었다면 놈들이 노리는 바를 알아낼 수 있었을지도 모르는 일이었다. 하지만 지금 와서 후회해 봐야 아무런 소용이 없는 일이었다. 사진량은 잡념을 떨치며 미약한 숨결이 느껴지는 방향으로 고개를 돌렸다.

또 다른 생존자는 그 자리에서 삼 장 정도 떨어진 곳의 나무 둥치에 기대어 있었다. 두 팔이 잘리고 심장 부근이 흉하게 쩍 갈라져 있었다. 간신히 호흡을 붙잡고 있기는 했지만 사진량으로서도 어쩔 도리가 없는 상태였다. 갈라진 심장에서 뿜어낸 피가 바닥을 흥건히 적시고 있었다.

바르르 떨리는 눈을 한 채 가슴을 들썩이며 숨을 내쉬고 있었지만 그마저도 곧 멎을 것 같았다. 사진량은 조용히 손을 뻗어 내공을 주입했다. 죽음에 이르는 짧은 순간만이라도 고통을 덜어주기 위함이었다.

사진량의 막대한 내공이 흘러들자, 고통으로 일그러진 얼굴이 차츰 펴지기 시작했다. 불규칙적인 호흡이 차분히 가라앉으며 빠르게 꺼져 들어갔다.

사내는 반쯤 눈을 뜬 채로 그대로 숨이 멎었다. 하지만 입가에는 희미한 미소가 지어져 있었다. 사진량은 내공을 주입하던 손을 떼어내며 사내의 반개한 눈을 감겼다. 그러곤 곧장 처음 목숨을 구해준 사내, 방형도가 있는 곳으로 몸을 날렸다.

자신이 가진 것은 방형도에게 모두 사용한 후라, 사진량은 근처에 있는 시신을 뒤져 금창약을 찾아 남은 한 사내를 치료하기 시작했다. 육신의 상처는 방형도보다 훨씬 심각했지만, 다행히 단전이나 기맥이 상한 것은 아니라 치료가 오히려 수월했다.

지혈을 하고 내공을 주입해 기맥을 살짝 자극하는 것만으로도 충분한 치료가 되었다. 떨어져 나갈 것처럼 덜렁거리던 두 다리를 이어 붙이려고 해보았지만, 불가능한 일이었다. 차라리 잘라내는 것이 회복에 도움이 될 것 같아 그럴 수밖에 없었다.

그렇게 두 생존자의 치료를 끝낸 사진량은 그 자리에서 한참이나 두 사람이 의식을 되찾기를 기다렸다. 치료를 했다고는 하지만 지금 상태에서 함부로 이동할 수도 없거니와, 이 자리에 그대로 내버려 두고 갈 수도 없는 노릇이었으니. 사진량은 가만히 두 사람을 내려다보며 가볍게 한숨을 내쉬었다.

"후우우……."

第四章

혈풍(血風)

"이런……! 생각보다 늦을 것 같군그래."

낭패라는 얼굴로 사도맹주 막위운이 나직이 중얼거렸다. 막위운은 개방의 방주인 홍영과의 은밀한 만남 이후, 정사맹으로 돌아가는 길이었다. 예정대로라면 엿새 후에는 정사맹에 도착해야 했다. 하지만 생각보다 홍영과의 대화가 길어지는 바람에 예정보다 하루 정도 늦을 것 같았다.

정사맹 내부에도 마도의 간자가 있음이 확실한 지금 상황에서 오랫동안 자리를 비우는 것은 위험하기 짝이 없는 일이었다. 특히나 막위운이 마도의 간자로 의심하는 자는 정사맹을 혼란에 빠뜨릴 수 있는 위치에 있었으니.

"서둘러야겠군."

살짝 아랫입술을 깨물며 막위운은 내공을 끌어 올려 걸음을 더욱 서둘렀다. 안 그래도 바람처럼 내달리던 막위운의 신형이 한 차례 가속해 쏜살처럼 뻗어 나갔다.

스파파팍!

날이 저물기 시작할 무렵, 인근의 마을에 도착한 막위운은 속도를 늦췄다. 주위를 오가는 사람들이 워낙에 많아 빠르게 움직일 수 없는 탓이었다. 마을을 지나지 않고 차라리 크게 우회할 것을 그랬다며 후회했지만 이미 늦은 일이었다.

"후우, 오늘은 글렀군."

나직이 한숨을 내쉬며 막위운은 머물 곳을 찾아 주위를 둘러보기 시작했다. 어차피 발이 묶였으니, 다음 날 새벽녘에 일찍 출발할 생각이었다. 꽤나 규모가 큰 마을이라 금방 객잔이 눈에 띄었다. 객잔 너덧 개가 한자리에 모여 있었다.

막위운은 가장 가까운 객잔으로 걸음을 옮겼다. 막위운이 객잔 안으로 들어가려는 찰나, 한숨을 푹 몰아쉬는 한 중년 사내의 음성이 귓가로 날아들었다.

"후어어, 어메, 큰일 날 뻔했구먼. 조금만 늦었으면 휘말릴 뻔했어."

그 옆에 있는 사내가 고개를 끄덕이며 대꾸했다.

"그러니 말여. 그나저나 사자천문은 이제 끝났구먼. 안 그래도 요즘 분위기가 뒤숭숭헌디 정사맹이 나설 정도면 뭔 일이 있어도 있는 거구먼."

거기까지 들은 막위운의 미간이 저도 모르게 살짝 굳었다. 설마, 하는 불길한 생각이 머릿속을 스쳤다. 중년 사내의 음성이 뒤이어 들려왔다.

"근디 사자천문이면 정파 아녀? 근데 왜 정사맹이… 으헛! 뭐, 뭐다냐?"

중년 사내는 말을 제대로 끝내지 못하고 화들짝 놀라며 소리쳤다. 갑자기 막위운이 자신의 앞에 불쑥 나타난 탓이었다. 막위운은 날카로운 눈빛으로 중년 사내를 쏘아보며 물었다.

"사자천문이 어디오?"

안 그래도 날카로운 인상의 막위운이 노려보자 중년 사내는 오금이 저려 저도 모르게 그 자리에 풀썩 주저앉았다. 막위운이 다시 물었다.

"사자천문이 어디냐고 물었소."

중년 사내는 대답 대신 손을 들어 한쪽 방향을 가리켰다. 막위운은 곧장 사내가 가리킨 방향으로 몸을 날렸다.

파팟!

한순간의 파공성과 함께 막위운의 신형은 순식간에 사내의 시야에서 사라져 버렸다. 그 자리에 주저앉은 채 막위운이 사라진 방향을 쳐다보던 중년 사내가 넋이라도 나간 듯 얼빠진 얼굴로 중얼거렸다.

"귀, 귀신인가……?"

'젠장! 내가 없는 사이에 도대체 무슨 일이 생긴 거지?'

막위운은 아랫입술을 질끈 깨물며 바닥을 박차고 달려 나갔다. 주위가 워낙에 붐벼 허공으로 뛰어오른 막위운은 그대로 오가는 사람들의 어깨나 머리, 등을 가볍게 내디디며 달려 나갔다.

탓! 타탓!

초상비(草上飛)의 경신술을 펼친 터라 디딤돌이 된 사람들은 무언가 살짝 스치고 지나간 것 같은 느낌만 받았다. 몇몇 사람은 고개를 갸웃거리며 주위를 둘러보다가 다시 가던 길을 가기도 했다. 빠른 속도로 사람들이 가득한 거리를 빠져나온 막위운의 귓가에 희미한 금속성이 들려왔다.

챙! 채챙! 파캉!

"크억!"

스카칵!

"크악!"

병장기가 부딪치는 소리가 틀림없었다. 게다가 금속성 사이 사이에 고통에 찬 비명이 함께 들려왔다. 막위운은 살짝 굳은 얼굴로 소리가 들려온 방향으로 곧장 몸을 날렸다.

"사자천문의 문주 조용휘, 마도와 내통한 것을 인정하시오?"

정사연합무맹 창룡단 소속 척살조의 조장 한지충은 피투성이가 되어 무릎을 꿇고 있는 중년 사내, 조용휘를 내려다보며 싸늘히 물었다. 아직 주위에는 수많은 무인이 뒤엉켜 목숨을 건 일전을 벌이고 있었지만 한지충과 조용휘, 두 사람의 근처에는 아무도 접근하지 않았다. 아니, 한지충이 이끌고 온 척살조의 무인들이 나서서 반경 이 장 내외에 누구도 접근하지 못하도록 막아서고 있었다.

그 과정에서 죽어나간 사자천문의 문도들의 숫자는 이백에 육박했다. 총 문도의 수가 육백이 조금 덜 되는 사자천문의 삼 할의 목숨이 고작해야 반 시진도 채 되지 않는 시간에 사라져 버린 것이다. 아직도 주위에서는 척살조의 손에 사자천문의 문도들이 죽음에 이르고 있었다.

카캉! 파숙! 스카칵!

"크아아악!"

"아악!"

사방에서 터져 나오는 날카로운 금속성과 파육음, 그리고 고통에 찬 비명에 조용휘는 입꼬리를 말아 올리며 비릿한 미소를 지었다.

"크, 크으… 내가 인정하면… 다, 달라지는 거라도 있는 겐가?"

자조적인 목소리로 조용휘는 질문을 던지며 가만히 한지충을 올려다보았다. 피투성이가 된 눈가에 피에 젖은 눈물이 흘러내렸다. 한지충은 무표정한 얼굴로 조용휘를 쳐다보며 대꾸했다.

"아니. 달라지는 것은 없소. 마도와 내통한 자는 오직 죽음으로 그 죄를 다스릴 뿐."

한지충은 그대로 손에 든 검을 천천히 들어올렸다. 검면은 한지충이 베어 넘긴 사자천문 문도의 피가 묻어 붉게 물들어 있었다. 핏빛 검면에 반사된 저물어가는 햇빛이 조용휘의 눈을 어지럽혔다. 살짝 눈살을 찌푸린 조용휘는 가만히 고개를 아래로 늘어뜨렸다.

"크, 크크… 아, 아무런 증거도 없이 이리 몰아붙이다… 컥!"

조용휘의 말은 끝까지 이어지지 못했다. 한지충이 내려치는 검에 목을 베여 짧은 단말마의 비명을 끝으로 조용휘는 그대로 쓰러졌다. 반쯤 잘린 목에서 터져 나온 피가 바닥을 흥건히 적셨다. 두 눈을 부릅뜬 채 절명한 조용휘의 눈에 연이어 쓰러져 가는 사자천문 문도들의 모습이 비쳤다.

이미 숨이 끊어졌지만 바르르 몸을 떠는 조용휘의 시신을 흘끗 내려다보던 한지충은 검에 묻은 피를 털어내며 고개를 돌렸다. 아직까지 남은 사자천문 문도의 숫자가 상당수였다. 물론 척살조의 무력을 당해내지 못하고 있으니 사자천문의 멸문은 당연한 것이었다. 하지만 시간을 더 끌었다간 무사히 빠져나가는 자들이 많이 생길 것이다. 마도와 내통한 자는 절대로 살려둬서는 아니되는 일이었다.

조용휘는 바닥을 박차고 근처에 있는 사자천문도들에게 달려들며 소리쳤다.

"뭣들 하는 거냐? 빨리 모두 정리하지 않고!"

일합에 문도 둘을 베어 넘긴 조용휘의 커다란 외침에 주위에 있던 척살조가 일제히 소리쳤다.

"존명!"

이내 거친 살풍이 불어닥쳤다. 사방에 날카로운 파육음과 피가 튀고, 비명이 연이어 터져 나왔다. 몇몇 문도들이 서로 모여 검진을 펼치기도 했지만 살기를 가득 머금은 척살조 무인들의 검을 제대로 막아낼 수 없었다.

적으면 서넛, 많으면 예닐곱이 모여 척살조에 대항하던 문도들은 시간이 갈수록 속절없이 피 분수를 뿜으며 쓰러져 갔다. 조용휘가 문주인 한지충을 베어버린 후, 일각이 채 지나기도 전에 기백에 이르는 문도들이 죽음에 이르렀다.

일방적인 살육이었다.

개개의 무공의 차이가 너무도 극심해 사자천문의 문도들은 제대로 된 저항도 하지 못했다. 문주를 비롯해 절반이 넘는 숫자가 일방적으로 살육당하자, 남은 문도들은 저항할 의지를 상실했다. 발작적으로 검을 휘두르는 자들도 있었지만 체념하고 그 자리에 검을 놓아버리는 자들도 많았다. 하지만 저항을 포기한 자들에게도 척살조의 검은 자비심 없이 날아들었다.

서걱! 스카칵!

"커헉!"

"끄아악!"

산발적인 저항이 거의 사라지자 살육은 더욱 손쉽게 이뤄졌다. 이대로 한 식경만 지나면 사자천문은 무림에서 완전히 지워질 것이다. 조용휘는 거침없이 검을 휘두르며 눈앞에 있는 사자천문의 문도들을 베었다. 그의 손에 죽음에 이른 문도가 삼십여에 이르렀을 때였다.

"모두 멈추지 못할까!"

주위를 쩌렁쩌렁 울리는 날카로운 일갈이 어디선가 터져 나왔다. 압도적인 내공이 담긴 외침이라 조용휘를 비롯한 주위의 모든 이의 기혈이 한 차례 크게 들끓었다. 조용휘는 다급히 검을 수습하고 기혈을 진정시키려 애쓰며 소리가 들려온 방향으로 고개를 돌렸다.

휘릭! 탁!

순간 미풍과 함께 누군가가 조용휘의 옆을 스쳐 지나 바닥에 착지했다. 자신을 스치는 검은 옷깃을 겨우 볼 수 있었던 조용휘의 고개가 천천히 돌아갔다. 날카로운 안광을 뿜어내는 중년 사내가 눈앞에 서 있었다. 금세 중년 사내의 얼굴을 알아본 조용휘의 눈이 크게 치켜떠졌다. 동시에 신음하듯 낮은 음성이 조용휘의 입에서 흘러나왔다.

"다, 당신은……!"

막위운은 그 자리에 선 채로 가만히 주위를 둘러보았다. 코끝이 찡할 정도로 피비린내가 지독했다. 얼핏 보기에도 피를 흘리며 쓰러진 사람은 이백여가 훨씬 넘어 보였다. 너무도 처참함 주위의 모습에 막위운의 얼굴이 절로 크게 일그러졌다. 그나마 자신의 외침으로 다들 기혈이 들끓어 멈춰 선 덕분에 더 이상 살육이 이어지지 않고 있었다.

"지금… 뭣들 하는 것이냐?"

조용하지만 선명하게 주위에 전해지는 음성이 막위운의 입에서 흘러나왔다. 어느새 주위를 훑은 막위운의 시선은 자신을 알아본 무인에게로 향해 있었다. 조금 전까지의 상황을 보아하니 자신을 알아본 자가 이 자리의 책임자 같았다.

"사, 사도맹주를 뵙습니다!"

막위운과 눈이 마주친 사내, 조용휘는 두 손으로 검병을 감싸 쥐듯 포권을 취하며 고개를 숙였다. 검첨이 아래로 향한 조용휘의 검에서 붉은 핏물이 뚝뚝, 바닥으로 떨어졌다. 날카로운 눈빛으로 가만히 조용휘를 쏘아보던 막위운이 말했다.

"이게 무슨 짓이냐고 물었다."

조용휘는 고개를 숙이며 곧바로 대답을 쏟아냈다.

"정사연합무맹 창룡단 척살일조 조장 조용휘라 합니다. 본 행사는 맹에서 직접 하달된 것으로 마도와 내통한 문파를 치죄하는 것입니다."

"그래서?"

"무림을 배신한 자들의 씨를 말리고, 문파의 기둥뿌리 하나도 남기지 말라, 명이 내려졌습니다."

조용휘의 말에 막위운의 얼굴이 더욱 크게 일그러졌다.

"마도와… 내통했다는 증거는 확실한 건가?"

"그렇습니다. 맹의 정보부에서 두 번, 세 번을 검토한 후 내린 결론이라 들었습니다."

"그렇군……."

더 이상 무어라 할 말이 없었다. 여기서 조용휘의 일을 막아선다면 자신이 마도와 내통했다는 오해를 받을 수도 있는 일이었다. 자리를 비운 동안 무언가 변화가 있을 거라 짐작은 했지만, 이런 상황은 예측하지 못했다. 막위운은 살짝 아랫입술을 깨물며 한 걸음 물러났다.

'빌어먹을……! 내가 없는 사이에 이런 일을 벌이다니…….'

지금으로선 막을 수도, 막아서도 안 되는 일이다. 막위운이 물러서자 조용휘는 조심스레 눈치를 살피더니 입을 열었다.

"그럼 임무 속행 하겠습니다, 사도맹주!"

막위운은 굳은 얼굴로 고개를 끄덕였다. 조용휘가 검을 고쳐 쥐며 그대로 막위운을 스쳐 지나쳤다. 등 뒤에서 들려오는 파육음과 날카로운 비명에 막위운은 그대로 질끈 눈을 감았다.

서컥! 스카칵!

"크아악! 아악!"

그로부터 한 식경 후.

막위운은 수백 구의 시신을 집어삼킨 거대한 불길을 가만히 쳐다보고 있었다. 사자천문의 문도들을 몰살시킨 척살조 무인들은 시신을 한자리에 모아 불을 질렀다. 시신을 그냥 내버려 두면 썩어가면서 악취와 함께 전염병이 생길 수도 있는 터라 대량의 시신을 한꺼번에 처리할 수 있는 가장 손쉬운 방법을 택한 것이다.

화르르륵!

사자천문의 전각 곳곳에 시신을 쌓고 기름을 뿌려 불을 붙인 터라 불길은 금세 하늘 높이 치솟았다. 시체가 타는 지독한 냄새가 코끝을 찔러왔다. 화끈한 열기가 온몸으로 전해졌다.

"마도와 내통했다고 밝혀진 문파는 모두 몇 곳인가?"

여전히 굳은 얼굴로 불타오르는 사자천문을 가만히 쳐다보던 막위운이 조용히 물었다. 뒤처리를 위해 흩어진 척살조원이 돌아오는 것을 확인하던 조용휘는 막위운의 질문에 조용히 그 곁으로 다가가며 대답했다.

"저희가 맡은 문파는 모두 열두 곳입니다."

"척살조는 모두 몇 개지?"

"저마다 시차를 두고 출발을 하긴 했습니다만… 제가 알기로는 모두 다섯 개 조가 나선 것으로 알고 있습니다."

각 조당 평균적으로 열 개 이상의 문파를 맡았다면 최소 오십 곳 이상의 문파가 멸문지경에 이른다는 뜻이었다. 안 그래도 굳어 있던 막위운의 얼굴이 더욱 어두워졌다.

"사자천문보다 더 큰 문파도 있나?"

"저희가 맡은 곳들 중에서는 사자천문이 제일 큰 문파입니다."

"가장 규모가 작은 문파는?"

"문도 수 기백에 이르는 문파가 네 곳입니다."

막위운은 거센 불길을 가만히 쳐다보며 조용휘의 대답을 들었다. 최소한의 숫자로 생각한다 해도 오천 이상의 무림이니 몰살을 당하게 된다는 뜻이었다.

화르륵! 타탁! 쿠쿵!

거센 불길에 불탄 기둥이 무너져 지붕이 폭삭 주저앉았다. 먼지와 불똥이 사방으로 튀었지만 막위운은 눈 하나 깜짝하지 않았다. 그 자리에 가만히 선 채로 불타는 사자천문을 뚫어져라 쳐다보고 있을 뿐이었다.

"그럼 저희는 이만 가보겠습니다. 잘 아시겠지만 이번 일은 최대한 신속하게 처리해야 하는 것이니……."

"……."

막위운은 살짝 고개를 끄덕이는 것으로 대답을 대신했다. 조용휘는 막위운에게 한 차례 포권을 취해 보이더니 돌아서서 걸음을 옮기기 시작했다.

"서둘러라! 보름 안에 모두 처리해야 한다!"

팍! 파파팟!

십여 개의 인영이 빠른 속도로 멀어지는 것을 등 뒤로 느끼며 막위운은 나직이 한숨을 내쉬었다.

화르륵! 쿠쿵! 콰르릉!

어디선가 불어온 바람에 한 차례 거대한 불길이 치솟고, 기둥이 내려앉고, 지붕이 무너지는 소리가 쉬지 않고 터져 나왔다. 육백이 넘는 사자천문의 문도가 몰살을 당하고 하늘 높이 거센 불길이 치솟는데도 주위에는 구경꾼은커녕 지나는 사람 하나 없었다. 관가에서도 이번 일을 묵인하고 있다는 뜻이었다.

본래 매일같이 일어나는 무림인 간의 다툼에 관가가 끼어드는 일은 극히 드물었다. 하지만 이번 일처럼 수많은 목숨이 오고 가는 일이라면 다르다.

적극적으로 일에 가담하거나 막지는 않지만, 최소한 무엇 때문에 일이 벌어진 것인지 정도는 파악하려 하는 것이 일반적인 관가의 반응이었다. 그런데 관가에서 아무도 나오지 않는다는 것은 암묵적으로 관가의 용인을 받았다는 것이나 마찬가지였다.

사실 마도의 발호는 무림은 물론 관가, 더 나아가 황실에까지 크게 위협이 되는 일이었다. 아마도 그 때문에 마도와 관련된 일에는 최소한 방해는 하지 않겠다는 것이 황실을 비롯한 관가의 방침으로 정한 것이리라.

"후우우… 빌어먹을!"

한참을 그 자리에서 가만히 서 있던 막위운은 짓씹듯 짧은 욕지거리를 내뱉었다. 이내 막위운은 돌아서서 그대로 걸음을 옮기기 시작했다. 순식간에 저 멀리 사라져 가는 막위운의 등 뒤로 간신히 버티고 있던 기둥 하나가 불타 완전히 주저앉은 사자천문의 전각이 거대한 불길에 휩싸여 사라져 갔다.

화르르르르르륵!

*　　　　*　　　　*

"으, 으음……!"

온몸을 두드려 맞은 듯 밀려오는 통증에 절로 신음이 흘러나왔다. 흐릿한 의식 속에서 방형도는 지독한 통증과 함께 의문이 떠올랐다.

어째서 살아 있는 거지?

분명 자신은 마지막 순간에 죽음에 이르렀다고 생각했다. 흑의 복면인의 공격을 막을 힘도, 그렇다고 달아날 힘도 남아 있지 않았었다. 그것이 자신의 마지막이라고 생각했다. 그 직후 의식이 완전히 끊어졌다. 그런데 지금 이렇게 의식이 깨어난 것이다. 온몸에서 느껴지는 지독한 통증이 살아 있다는 것을 명백하게 알려주고 있었다.

주위는 어두컴컴했다. 늦은 밤인가 싶었지만 그게 아니라는 것은 금방 알 수 있었다. 굳게 닫혀 있는 눈꺼풀이 시야를 완전히 막고 있었다.

"크으으……."

메마른 신음을 토해내며 방형도는 억지로 눈꺼풀을 들어

올리려 했다. 눈꺼풀이 파르르 떨리는 것이 느껴졌다. 하지만 수백수천 근의 쇳덩이를 올려놓은 듯 무겁기만 했다.

그때였다. 크고 따듯한 손길이 다가와 방형도의 눈꺼풀 위를 덮었다. 따스한 기운이 전해지자 눈꺼풀의 떨림이 서서히 잦아들었다. 통증도 함께 줄어든 것 같았다.

"무리하지 마라. 진원(眞元)이 상했으니 괜스레 움직이려 해선 안 된다. 차분히 내공을 회복하는 것에 주력해라. 추궁과혈로 임시 조치를 해뒀으니 시간이 지나면 어느 정도 내력을 회복할 수 있을 거다. 원래 지닌 바 무공을 되찾을 수는 없을 테지만……."

감정의 고저가 느껴지지 않는 담담한 어투였다. 하지만 무심한 음성에 담긴 마음 씀씀이가 느껴졌다. 낯선 음성이었지만 어쩐지 익숙한 느낌이 들었다.

방형도는 남은 힘을 쥐어 짜내 억지로 입을 열었다. 입술이 달싹거리자 통증이 느껴졌다. 이내 신음 같은 희미한 음성이 방형도의 입에서 흘러나왔다.

"뉘, 뉘시……."

단 한 마디도 제대로 마칠 수 없었다. 입안이 바싹 마르고 혀가 굳은 탓에 소리가 나오지 않았다. 하지만 상대는 방형도가 하려는 말을 알아들은 듯 이내 조용히 대답이 들려왔다.

"내가 누군지가 중요한 것이 아니다. 몸을 회복하는 데 전

념해라."

대답과 함께 몸의 요혈을 두드리는 것 같은 느낌과 함께 방형도의 의식은 다시 깊은 심연 속으로 빠져들었다.

"이런 곳에서 발목을 잡힐 줄이야."

사진량은 나직이 중얼거리며 자신의 앞에 누워 있는 두 사람을 내려다보았다. 하나는 두 다리와 왼팔이 잘려 나가 아직까지 의식을 차리지 못하고 있었고, 다른 하나는 지금까지 몇 번을 깨어났다가 잠들기를 반복하고 있었다. 겉보기에는 사지가 잘려 나간 자의 상세가 심해 보였다. 하지만 정작 상태가 심각한 것은 사지가 멀쩡한 자였다.

사지가 잘려 나간 자는 그 충격과 피를 너무 많이 흘린 탓에 의식을 차리지 못하고 있었지만, 단전이 상하지 않아 치료가 수월했다. 하지만 사지가 멀쩡한 자는 진원이 상해 선천지가가 빠르게 소모되고 있었다. 날 때부터 지닌 선천지기가 완전히 소모되면 목내이처럼 비쩍 말라 죽음에 이르게 된다.

그나마 사진량의 막대한 내공으로 진원이 상한 곳을 막고, 흩어져 가는 단전을 억지로 봉합한 덕에 빠른 죽음을 막을 수 있었다. 이제 스스로 운기를 해 내공을 회복한다면 어느 정도 일상생활은 가능할 것이다. 물론 내공의 대부분을 상한 진원의 틈을 막는 데 사용해야 하니 무공을 제대로 쓰지 못하겠지만.

지금 상태에서는 그저 추궁과혈을 하며 지켜보는 수밖에 없었다. 선불리 다른 곳으로 옮기려 했다간 죽음에 이를 수도 있는 노릇이니. 적어도 사흘 동안은 이 자리에서 상세를 지켜봐야 했다. 생각지도 못한 곳에서 시간을 허비하게 된 것이 아쉽기는 했지만 어쩔 수 없는 일이다.

사진량은 나직이 한숨을 내쉬며 양손을 뻗어 두 사람에게 가져다 대고는 천천히 내공을 주입하기 시작했다.

* * *

저 멀리 정사맹의 총단이 보였다. 사자천문에서의 참극을 손 하나 쓰지 못하고 그저 지켜볼 수밖에 없었던 막위운은 조금이라도 빨리 도착하기 위해 밤낮을 가리지 않고 쉼 없이 내달렸다. 잠도 거의 자지 않고, 먹는 것도 달리면서 육포를 씹는 등 제대로 챙겨 먹지 않고 달린 덕에 사흘하고도 반나절 만에 정사맹 총단 인근에 도착할 수 있었다. 원래라면 엿새는 걸릴 거리였으니 절반 이상의 시간을 줄인 것이다.

"이, 이제 거의 도착… 했군… 허억!"

거친 숨을 몰아쉬며 막위운은 나직이 중얼거렸다. 워낙에 무리를 한 터라 막위운의 모습은 완연한 거지꼴이었다. 온몸에 먼지가 가득하고, 머리는 부스스 산발이 되어 있고, 옷은 때가 탄 것은 물론 여기저기 헤져 있었다. 본래 고급 비단으로 만들어진 옷이었지만 그 재질을 알 수 없을 정도로 때 타고 닳아 있었다.

그 자리에 멈춰 선 막위운은 호흡을 고르며 옷에 묻은 먼지를 털어내려 했다. 하지만 험한 행군 탓에 옷감이 닳아 찢어지려 했다. 막위운은 먼지 털기를 포기하고 그대로 걸음을 옮기기 시작했다. 정사맹의 총단이 있는 곳이라 주위를 오가는 사람들은 대부분 허리에 검을 찬 무인들이었다.

딱 보기에도 사파인으로 보이는 험악한 인상의 무인들도 다수였고, 단정한 무복을 입은 정파인들도 많이 보였다. 평소라면 정사의 무인들이 한자리에 있으면 칼부림이 나기 일쑤였지만, 정사맹에서 그런 소모적인 다툼을 철저히 금지한 터라 별다른 소란은 없었다. 다만 서로를 흘낏 바라보는 눈빛에서 미묘한 긴장감이 흐르고 있었다.

막위운은 아랑곳하지 않고 주위를 오가는 무인들을 지나쳐 총단으로 향했다. 이내 높은 담과 굳게 닫힌 거대한 문으로 막혀 있는 총단의 입구에 도착했다. 총단의 입구에는 녹색 무복에 영웅건을 쓴 정사맹의 위사 여덟이 허리에는 검을 차고 양손에 장창을 든 채로 경계를 서고 있었다.

"멈춰라! 어딜 함부로 들어오려는 거냐!"

가까이 다가오는 막위운의 모습에 위사 중 하나가 장창으로 겨누며 소리쳤다. 산발한 머리에 낡은 옷가지, 얼굴에는 때가 그득한 거지꼴을 하고 있는 막위운이었으니 수상쩍게 여기는 것은 당연한 일이었다.

막위운은 나직이 한숨을 내쉬며 손을 들어 얼굴의 때를 천천히 닦아냈다. 맨 얼굴이 드러나자 위사 중 하나가 막위운을 알아보고는 헛바람을 집어삼키며 휘둥그레 눈을 치켜떴다.

"으헉! 사, 사도맹주님 아니십니까?"

막위운은 자신을 알아본 위사를 흘끗 쳐다보며 고개를 끄덕였다. 그 순간 막위운에게 장창을 겨눈 위사가 화들짝 놀라며 창을 떨어뜨렸다.

채챙!

"어으… 으어어……!"

워낙에 놀란 탓에 말도 제대로 하지 못하고 어버버거리기만 했다. 그 모습에 막위운은 피식 미소를 지으며 바닥에 떨어진 장창을 집어 들었다.

"아무리 놀라도 이걸 떨어뜨리면 쓰나. 자네들은 정사맹의 철벽이자, 얼굴이지 않나."

막위운은 맨손을 달달 떠는 위사에게 장창을 내밀며 조용히 말했다. 찢어져라 치켜뜬 눈과 떡, 벌어진 입을 다물지도 못하고 위사는 장창을 받아 들었다. 그러곤 턱이 떨려와 이빨을 딱딱 부딪치며 더듬더듬 입을 열었다.

"가, 가, 감사합니다."

"내 빨리 안으로 들어가야 하니 문 좀 열어주지 않겠나?"

"무, 물론입니다!"

"뭣들 하는 거야! 어서 문을 열지 않고!"

"사, 사도맹주께서 오셨다. 어서 문을 열어라!"

막위운의 말에 위사들은 저마다 앞다퉈 문을 두드리며 소리쳤다. 닫힌 문 안쪽에서 분주히 움직이는 인기척이 느껴졌다. 이내 경첩의 낮은 마찰음과 함께 커다란 문이 천천히 열리기 시작했다.

쿠구구……!

문이 반쯤 열리자 안에서 위사장으로 보이는 중년 사내가 허겁지겁 달려 나와 막위운의 앞에 멈춰 서서 고개를 숙이고 포권을 취했다.

"사, 사도맹주를 뵙습니다! 안 그래도 조만간 도착하실 거라 생각하고 있었습니다만, 예정보다 며칠 일찍 도착하셨군요. 위사들에게 미리 언질을 해뒀어야 하는데. 죄송합니다, 사도맹주."

"아닐세. 그럼 내 안으로 들어가 보겠네. 다들 수고하게나."

막위운은 그대로 위사장을 스쳐 지나쳐 총단 안으로 바람같이 달려 들어갔다. 위사장을 비롯한 위사들은 순식간에 시야에서 사라진 막위운의 움직임을 좇아 저도 모르게 고개를 돌렸다. 하지만 어디에도 막위운의 모습은 보이지 않았다.

"어, 엄청 빠르구만……."

누군가의 얼빠진 음성이 조용히 흘러나왔다.

*　　　　*　　　　*

서서히 의식이 돌아오기 시작했다. 통증은 이전보다 훨씬 줄어들었다. 어쩐지 몸이 규칙적으로 들썩이고 있는 것 같았다. 방형도는 억지로 눈꺼풀을 들어 올리려 했다. 이전보다 조금은 가벼워진 것 같은 느낌과 함께 눈꺼풀이 서서히 열리기 시작했다. 반쯤 열린 눈꺼풀 사이로 빛이 쏟아져 들어왔다. 갑작스런 빛에 방형도는 통증을 느끼고는 저도 모르게 다시 눈을 감아버렸다.

"으윽!"

짧은 신음이 절로 터져 나왔다. 계속해서 들썩이던 몸이 멈추더니, 이내 낮익은 음성이 귓가로 흘러들었다.

"정신이 들었나 보군. 위급한 상황은 넘겼으니, 근처 마을로 이동하는 중이다."

여전히 감정이 거의 느껴지지 않은 무뚝뚝한 음성이었다. 몸이 규칙적으로 들썩이는 것은 그가 자신을 등에 업고 걷고 있는 탓인 것 같았다. 방형도는 눈을 감은 채 천천히 입을 열었다.

"도, 도움에 감사드리겠소. 그런데 당신은 대체……."

입안이 바짝 마르고, 혀가 굳은 탓인지 발음이 꼬이고 말을 제대로 끝내지 못했다. 하지만 사진량은 방형도가 하려는 말을 알아듣고는 조용히 대답했다.

"내가 누군지는 전혀 중요하지 않다. 몸을 추스르는 것에만 신경 써라."

더 이상은 같은 질문을 허용하지 않겠다는 단호함이 전해졌다. 절로 입이 다물어졌다. 방형도는 아무런 말도 할 수 없었다. 그저 나직이 한숨을 내쉬었을 뿐.

이내 방형도는 손끝을 타고 전해지는 따듯한 기운에 나른함을 느끼고는 서서히 깊은 잠에 빠져들기 시작했다.

총 이백여 가구가 모여 사는 운형촌의 중앙에 위치한 상원의가의 주인 원규환은 일전에 주문한 약재를 썰며 환자가 없는 한가한 시간을 보내고 있었다. 반경 이십 리 내에 있는 유일한 의원이라 환자도 많고 왕진도 자주 다니는 편이었지만, 오늘따라 웬일인지 한가하기 짝이 없었다.

"흐아암! 거, 오늘따라 한가하니 잠이 솔솔 밀려오는구만."

원규환은 잘 마른 약재를 적당한 크기로 썰어내면서 길게 하품을 했다. 벌써 한 시진이 넘도록 약재를 썰고 있었으니 지루한 것은 당연했다. 연신 하품을 하던 원규환은 이내 꾸벅꾸벅 졸기 시작했다.

"아무도 안 계시오?"

깜빡 잠이 들고 얼마나 시간이 지났을까. 밖에서 들려오는 낯선 음성에 원규환은 화들짝 놀라며 눈을 번쩍 떴다. 한 손에는 약재를 썰던 작두를 든 채로 벌떡 일어난 원규환은 허리가 굽은 구부정한 자세로 소리가 들려온 입구 쪽으로 고개를 돌렸다.

머리가 셋 달린 사내가 입구에 서 있었다. 놀란 원규환이 소리도 지르지 못하고 눈을 껌뻑였다.

다행히 잘못 본 것이었다. 무표정한 얼굴을 한 사내가 두 사람을 들쳐 업고 있었다. 무표정한 사내가 업고 있는 두 사람은 정상이 아니었다. 온몸이 피가 배어 나오는 천으로 둘둘 감겨 있었다. 특히나 한 사람은 허벅지 아래에 있어야 할 두 다리가 완전히 사라져 있었다. 무표정한 사내의 등에 업혀 있는 두 사람의 모습에 원규환은 휘둥그레 눈을 떴다.

"대, 대체 무슨 일이오?"

얼핏 보기에도 무림인들 간의 칼부림의 결과인 것 같았다. 괜스레 무림인과 얽혀봤자 좋은 꼴은 못 본다는 것을 그동안의 경험으로 알고 있는 탓에 경계심을 보이는 원규환이었다.

무표정한 사내, 사진량은 한 걸음 안으로 들어서며 조용히 입을 열었다.

"정양(靜養)이 필요한 자들이오. 기본적인 치료는 끝났으니 보신을 위한 탕약과 쉴 곳이 필요하오."

"그, 그것이……."

원규환은 대답을 망설이며 사진량의 눈길을 슬쩍 피했다. 다친 무림인을 치료했다가 사달이 난 적이 있었던 탓에 괜스레 관여하고 싶지 않았다. 원규환의 표정에서 그런 생각을 읽은 사진량이 조용히 말을 이었다.

"걱정할 필요 없소. 이들은 천뢰일가의 무인들이니."

"천뢰일가의……!"

원규환은 신음하듯 짧은 탄성을 터뜨렸다. 아무리 원규환이 무림에 관심이 없다 해도 천뢰일가를 모를 수는 없었다. 상원의가가 있는 운형촌도 천뢰일가의 권역 안에 있는 마을이었다. 사진량의 등에 업혀 있는 두 사내가 정말로 천뢰일가의 무인이라면 이대로 외면했다가 더 큰 사달이 날 수도 있었다.

하지만 이상한 일이었다. 천뢰일가의 권역 안에서 천뢰일가의 무인이 저 지경이 되었다는 것은 원규환 자신은 알지 못하는 큰일이 생겼다는 뜻이기도 했다. 어쩌면 천뢰일가의 권위를 무너뜨릴 대적이 나타난 것일지도 모르는 일이었다.

'이거 어쩐다……?'

원규환은 선불리 마음을 정하지 못하고 망설였다. 가만히 원규환을 바라보던 사진량은 품속에서 금자 열 냥을 꺼내 들었다.

"우선은 이걸로 필요한 약재비와 치료비를 대신하도록 하시오. 그 외에 필요한 것은 천뢰일가로 청구하면 충분히 대가를 치러줄 것이오."

사진량의 손바닥에 놓인 금자를 본 원규환은 눈이 휘둥그레졌다. 금자 열 냥을 아무렇지도 않게 턱, 하니 내놓는 것으로 보아 잘만 구슬리면 더 큰 돈을 뜯어낼 수 있을 것 같았다.

"얼핏 보아하니 보통 약재를 쓰는 것으로는 보신은커녕 목숨도 제대로 붙여놓지 못할 것 같소만… 그렇다고 내 의원으로서 환자를 그냥 내버려 둘 수는 없는 노릇이고……."

망설이듯 말꼬리를 흐리며 흘낏 사진량의 눈치를 살폈다. 하지만 사진량의 무표정한 얼굴에서는 아무런 생각도 읽어낼 수 없었다. 가만히 원규환과 눈을 마주한 사진량은 이내 품속에서 금자 열 냥을 더 꺼냈다.

"이 정도면 사용할 약재값으로 충분하지 않겠소?"

혹시라도 사진량이 손을 거둘까 싶어, 다급히 다가간 원규환은 금자를 덥석 낚아채며 한쪽을 가리켰다.

"어서 저쪽으로 옮기시구려. 내 먼저 진맥을 해봐야 할 것 같소이다."

아직까지 깊이 잠들어 있는 방형도의 손목을 조심스레 내려놓으며 원규환은 길게 한숨을 내쉬었다.

"후우, 이거야 원. 이런 상태에서도 숨이 붙어 있다니 기적에 가까운 일이로구려. 원정이 상했는데도 내공으로 그것을 보충하다니. 내 사십 년이 넘도록 의원 생활을 해왔소만, 이런 경우는 처음이오. 일단 외상을 먼저 치료하고, 기맥이 더 이상 상하지 않게 약재를 써야겠소."

원규환은 붓을 들어 처방전을 써 내렸다. 꽤나 많은 약재를 비축해 둔 상원의가였지만 그것으로는 어림도 없었다. 상원의가의 비축 약재는 값싸고 흔히 쓰이는 데다 적당한 효능을 가진 것밖에는 없었다. 하지만 방형도에게 쓸 것은 영약까지는 아니더라도 상당히 고급 약재가 필요했다. 때문에 처방전을 먼저 써서 필요한 약재를 구하려는 것이었다.

그 자리에서 일필휘지로 처방전을 써 내린 원규환은 방형도의 옆자리에 누운 왼팔과 두 다리가 잘려 나간 사내에게로 몸을 돌려 진맥을 시작했다. 반쯤 눈을 감은 채 사내의 완맥을 잡고 기혈의 흐름을 가만히 느끼던 원규환은 이내 나직이 한숨을 내쉬며 손을 떼어냈다.

"이쪽은 그나마 다행이로구려. 과다 출혈로 인해 기력이 약해진 것뿐이니, 보통의 약재로도 충분할 것 같소이다. 외상의 치료는 완벽에 가까우니 상처 회복에 좋은 고약을 바르고 천을 자주 갈아주기만 하면 되겠구려."

얼핏 보기에는 사지가 잘려 나간 사내의 상세가 더욱 심각해 보였지만 실제로는 방형도가 저승문의 입구에 서 있는 셈이었다. 가만히 원규환이 두 사람을 진맥하는 것을 지켜보던 사진량은 천천히 몸을 일으켰다.

"그럼 두 사람을 부탁드리겠소."

"어, 어딜 가시려는 게요?"

"천뢰일가에는 내가 미리 연락해 두겠소이다. 그럼 이만."

말을 마침과 동시에 사진량은 그대로 원규환의 시야에서 순식간에 사라져 버렸다. 마치 그 자리에 처음부터 존재하지 않았던 것처럼 사진량의 흔적은 어디에도 남아 있지 않았다. 원규환은 눈을 껌뻑이며 사진량이 있던 자리를 멍하니 쳐다보았다.

"꿈은… 아니겠지?"

흘낏 고개를 돌리자 미약한 숨을 내쉬며 누워 있는 두 사람의 모습이 보였다. 원규환은 피식 미소를 지으며 절레절레 고개를 내저었다.

*　*　*

"생존자 두 사람의 상세는 어떤가요?"

양지하는 굳은 얼굴로 나직이 물었다. 장일소의 대답이 곧장 뒤이어졌다.

"두 사람 다 의식은 되찾았지만, 아직 움직이기는 힘들다고 합니다. 당분간은 그곳에서 정양을 해야 할 듯합니다."

"그 두 사람이 본가로 무사히 돌아올 수 있도록 최대한의 지원을 하도록 하세요."

"알겠습니다, 아가씨."

가만히 두 사람의 이야기를 듣고 있던 사진량의 얼굴을 한 남궁사혁이 입을 열었다.

"그 두 사람을 구했다는 무인은 누구지? 알아낸 바가 있나?"

"그것이… 이름도 밝히지 않고 두 사람을 상원의가에 맡기고는 순식간에 사라져 버렸다고 합니다. 하나 다행히도 상원의가의 의원이 인상착의를 기억하고 있어 그의 증언을 토대로 용모파기(容貌疤記)를 작성할 수 있었습니다."

장일소는 한 사람의 얼굴이 그려진 용모파기를 탁자에 내려놓았다. 눈이 조금 작아 보이는 것 말고는 별다른 특징이 보이지 않는 평범한 인상의 사내가 그려져 있었다. 가만히 용모파기를 내려다보던 양지하가 고개를 갸웃했다. 어쩐지 어디선가 본 것 같은 인상이었다.

"흐음… 왠지 익숙한 얼굴인 것 같지 않아요?"

양지하의 질문에 한순간 슬쩍 남궁사혁과 눈을 마주친 장일소는 이내 고개를 끄덕이며 대답했다.

"저도 그런 것 같긴 합니다만……."

그때 양지하가 생각이 난 듯 손바닥을 탁, 치며 말했다.

"아! 그러고 보니 냉혈가의 사건을 해결한 그 광호라는 낭인과 비슷한 인상이로군요."

"듣고 보니 그런 것 같긴 하군요. 잠시만 기다려 주십시오. 광호라는 자의 용모파기를 가져오겠습니다."

몸을 일으킨 장일소가 회의실을 빠져나갔다. 회의실에 남은 양지하는 가만히 남궁사혁을 쳐다보았다. 남궁사혁도 무표정한 얼굴로 눈을 마주했다. 양지하가 조용히 입을 열었다.

"가주께서는 어떻게 생각하세요, 이번 일……?"

이미 사진량에 보낸 밀서로 모든 사실을 알고 있으면서도 남궁사혁은 전혀 티를 내지 않으며 무표정한 얼굴로 조용히 대꾸했다.

"글쎄… 아무래도 무림과 마도 말고도 알려지지 않은 모종의 세력이 있을지도 모르는 일이지. 아니면……."

"아니면?"

남궁사혁이 말꼬리를 흐리자 양지하고 고개를 갸웃했다.

하지만 남궁사혁은 그대로 입을 다물었다. 별생각 없이 무의식적으로 나온 말이라 무어라 대꾸할 말이 없었다. 때마침 장일소가 회의실 문을 열고 안으로 들어왔다. 용모파기를 들고 안으로 들어오던 장일소는 두 사람 사이에서 흐르는 어색한 기류에 고개를 갸웃하며 자리에 앉았다.

"여기 광호라는 낭인의 용모파기입니다."

장일소는 가져온 용모파기를 탁자에 내려놓았다. 양지하는 탁자에 놓인 두 장의 용모파기를 번갈아 쳐다보았다. 길거리에서 보았다면 눈에 잘 띄지 않는 평범한 인상이라는 공통점이 있기는 했지만 눈매나 입술의 형태, 코 망울이 조금 달랐다. 두 사람이 형제라면 그럴 수도 있겠다 싶다가도, 혈연관계가 전혀 없는 다른 사람처럼 보이기도 했다.

희한한 일이었다. 평범하기 짝이 없는 두 얼굴이 보기에 따라 이렇게도, 저렇게도 보인다는 것이. 한참을 그렇게 뚫어져라 용모파기를 쳐다보던 양지하는 길게 한숨을 내쉬며 중얼거렸다.

"인상이 비슷하긴 한데… 도저히 같은 사람인 것 같지는 않네요."

"제가 보기에도 그렇습니다, 아가씨."

"그런데… 어쩐지 이 두 사람 다 뭔가 인위적인 느낌이 들지 않나요? 무어라 구체적으로 설명할 수는 없지만 뭔가가 이상한 느낌이 들어요. 그래요, 얼굴이 알려져서는 안 되는 누군가가 눈에 띄지 않는 인상을 한 인피면구를 뒤집어쓴 건지도 모르겠군요."

거의 정답에 근접한 추리를 하는 양지하의 모습에 장일소가 저도 모르게 어깨를 움찔했다. 하지만 다행히도 양지하가 용모파기에 시선을 두고 있던 터라, 그 모습을 들키지 않았다.

장일소는 흘끔 남궁사혁을 쳐다보았다. 하지만 남궁사혁은 조금의 동요도 없이 태연한 모습이었다. 이대로 잠자코 있다간 양지하에게 무슨 의심을 살 수도 있는 노릇이라 장일소는 애써 태연함을 가장하며 말했다.

"인피면구라……. 그렇게 볼 수도 있겠군요. 그러면 이자가 인피면구를 쓴 이유는 무엇일까요?"

"둘 중 하나겠죠. 아무도 자신의 진짜 얼굴을 알 수 없도록 감춘 것이거나, 아니면 잘 알려진 얼굴이라 신분을 숨기기 위해 어쩔 수 없이 인피면구를 쓴 것이거나……."

양지하는 말꼬리를 흐리며 고개를 들어 의혹이 담긴 눈빛으로 가만히 남궁사혁을 쏘아보았다. 하지만 남궁사혁은 조금의 흔들림도 없이 그저 가만히 양지하의 눈빛을 자연스레 받아넘겼다.

"일리가 있는 말이다. 광호라는 자와 이번에 나타난 자도 인피면구를 쓰고 있을 가능성을 염두에 두고 뒷조사를 하는 것이 좋겠군."

"그러면 최근에 자취를 감춘 고수가 있는지 알아보는 것이 좋겠군요."

남궁사혁의 말을 받아 장일소가 말했다. 양지하가 고개를 끄덕이며 동의를 표했다.

"후우우, 십년감수했습니다. 아가씨께서 눈치챈 건 아닐까 조마조마하더군요."

장일소는 길게 한숨을 내쉬며 중얼거렸다. 그 모습에 남궁사혁은 피식 미소를 지으며 대꾸했다.

"너무 그렇게 민감하게 반응하지 마십쇼, 장노. 그러다 오히려 더 의심받습니다. 그냥 저처럼 태연하게 계시면 됩니다. 아무리 의심스러워도 직접 확인할 수는 없을 겁니다. 설마 하니 인피면구를 확인하려고 가주의 얼굴을 꼬집거나 할퀴지는 않을 거 아닙니까?"

걱정하는 장일소와는 달리 히죽 미소를 짓는 남궁사혁이었다.

第五章
분열의 조짐

적월(赤月).

피처럼 붉게 물든 달빛이 짙은 먹구름 사이를 뚫고 나와 밤하늘 전체를 붉게 물들였다.

쿠르릉! 쿠쿵!

붉은 밤하늘의 구름 사이로 뇌성이 터져 나왔다. 적흉성이 뜬 이후, 하늘을 붉게 물들인 적월이 뜬 것은 처음이었다.

불길하기 짝이 없는 적월을 입꼬리를 말아 올린 채 가만히 쳐다보고 있는 인영이 있었다. 뒷짐을 지고 있는 인영의 얼굴은 길게 드리워진 창틀의 그림자에 가려져 입과 턱 부분만 살짝 드러나 있을 뿐이었다.

"적월이라… 일이 예정대로 잘 진행되고 있다는 조짐이겠지. 그렇게 생각지 않느냐?"

방 안의 어둠을 뚫고 날아든 조용한 음성. 창밖의 적월을 지켜보는 인영 외에는 아무도 없어 보였던 방 안의 짙은 어둠 속에서 기괴한 음성이 흘러나왔다.

"동천과 남천의 협력 작업은 신속하게 이뤄지고 있다는 소식이 있었습니다. 또한 서천에서도 크게 변동 없이 예정대로 되어가고 있다고 합니다, 주군."

들려온 대답에 창밖을 내다보고 있는 인영의 입가에 맺힌 음소가 더욱 짙어졌다. 최종 목적을 이루기 위한 기본 작업이 착실히 이뤄지고 있다는 것이 만족스러웠다. 예상 밖의 방해가 여러 번 있었는데도 불구하고 계획을 크게 수정하지 않아도 될 정도로 차질이 없었다.

"그렇군. 천뢰일가 쪽의 반응은 어떻지?"

"철혈가주가 생각보다 잘해주고 있습니다. 예상 밖의 일이 있기는 했지만 냉혈가에서의 일도 크게 손해는 없었고, 또한 천뢰일가의 분위기도 계속해서 주시하고 있는 중입니다. 새 가주가 취임한 후 극적인 변화가 있을 거라 예상되었지만, 아직까지는 그리 주목할 만한 상황은 생기지 않고 있습니다."

"그런가……. 이상한 일이로군. 그동안 전해들은 새 가주의 성격으로 보아, 천뢰일가에 얌전히 틀어박혀 있을 자가 아닌 것 같았는데… 그렇게 생각지 않느냐?"

"그렇긴 합니다만……."

말꼬리를 흐리는 상대의 대답에 뒷짐을 진 인영은 천천히 어둠 속으로 돌아서며 말했다.

"대역을 세워두고 물밑에서 은밀히 움직이고 있는 것인지도 모르는 일. 천뢰일가 내부를 좀 더 자세히 살펴보아야 할… 아아, 그럴지도 모르겠군."

조용히 명을 내리던 뒷짐 진 인영은 갑자기 무언가 생각난 듯, 말꼬리를 흐리다가 고개를 끄덕였다. 영문을 알 수 없던 어둠 속 인영이 조심스레 물었다.

"무슨……?"

"어쩌면 냉혈가를 한바탕 뒤집어놓은 그 정체불명의 낭인이 바로 신분을 감춘 천뢰일가의 가주일지도 모를 일이야. 아무리 그래도 그 정도 수준의 고수가 아무 이유 없이 불쑥 튀어나오진 않을 테니……. 충분히 가능성이 있는 일이니 천뢰일가를 좀 더 자세히 살펴봐야 할 것이다."

"명심하겠습니다, 주군."

들려오는 대답에 뒷짐 진 인영이 입꼬리를 살짝 말아 올렸다. 그저 희미한 미소를 지은 것뿐인데도 주위의 어둠이 더욱 짙어진 것 같은 착각이 들었다. 가슴 시리도록 섬뜩한 공기가 온몸을 에워쌌다. 밀려드는 한기에 어둠 속 인영은 저도 모르게 흠칫 어깨를 떨었다.

"그러고 보니… 북천의 그 '일'은 어떻게 되어가고 있느냐?"

"그 '일'이라 하심은……?"

반문하는 어둠 속 인영의 음성에 뒷짐 진 인영의 입가에 그려진 호선이 더욱 깊어졌다. 짙은 음소와 함께 이내 조용한 음성이 흘러나왔다.

"대업을 위해 또 다른 세력이 필요하다 하여 북천에서 진행 중인 일이 있지 않았더냐? 설마하니 잊고 있었던 것은 아니겠지?"

말과 함께 찌릿한 살기가 전해졌다. 어둠 속 인영은 더욱 어깨를 움츠리며 조심스레 입을 열었다.

"그, 그 일은 아직 별다른 진행이 없다고 알고 있습니다. 현재 수뇌부와 접촉을 위해 아래에서부터 단계적으로 접근 중입니다."

"그런가? 될 수 있으면 서둘러 주었으면 좋겠군. 대업을 완수하기 위해서 중요한 작업 중 하나이니, 실패는 절대 없어야 한다는 것을 명심해야 할 것이야."

"무, 물론입니다, 주군. 북천도 최우선 과제로 삼아 신중히 접근하고 있을 것입니다. 괜스레 서둘렀다간 일을 그르칠 수도 있는 노릇이니……."

면목 없다는 듯 어둠 속 인영이 말꼬리를 흐렸다. 가만히 대답을 듣고 있던 뒷짐 진 인영은 천천히 돌아서며 대꾸했다.

"어떻게 해도 시간을 단축시킬 수는 없다는 거냐?"

"그렇습니다. 북천주도 가장 우선적으로 진행하고 있는 일이니……."

"알겠다. 요즘 들어 내 초조한 마음이 들어 그런 것이니 신경 쓰지 말거라."

어둠 속 인영의 말을 자르며 뒷짐 진 인영이 조용히 말했다. 어둠 속 인영이 납죽 엎드리는 기척이 전해졌다. 뒷짐 진 인영은 살짝 입꼬리를 말아 올리며 천천히 말을 이었다.

"동서남북 모든 천주들에게 전해라. 과업 완수를 위해 서두르되 실패 없이 신중해야 할 것이라고. 최대한 무리를 하지 않는 선에서 모든 목표를 수행하라고 말이다."

"존명!"

곧장 들려오는 대답과 함께 어둠 속 인영의 기척이 소리 없이 사라졌다. 고개를 돌려 조금 전까지 어둠 속 인영이 있던 자리를 가만히 쳐다보던 뒷짐 진 인영은 이내 다시 고개를 돌려 창밖의 붉은 달, 적월을 가만히 지켜보았다.

"조금만 더… 조금만 더 기다리면……."

입꼬리를 살짝 말아 올린 뒷짐 진 인영의 음소에 주위 공기가 싸늘하게 식어가는 것만 같았다.

*　　　*　　　*

“도대체 언제쯤 도착하는 거지? 아니, 남아 있는 것이 있기는 한 건가?”

철혈가주 곡상천은 반쯤 짜증이 섞인 얼굴로 나직이 중얼거렸다. 냉혈가에서 제조된 혈천강시가 파괴되지 않고 남아 있을 거라는 말에 곧장 불러들였지만 아직까지 아무런 소식이 없었다. 혈천강시가 완성되었다고 가정했을 때의 이동 속도를 생각한다면 벌써 며칠 전에 도착했어야 할 시간이었다.

“며칠만 더 기다리면 도착할 것입니다, 철혈가주. 부디 저를 믿어주십시오. 절대 실망시키지는 않을 것입니다.”

등 뒤에서 들려오는 대답에 곡상천의 얼굴이 왈칵 일그러졌다. 이내 곡상천은 언짢은 기색을 숨기지 않은 채 신경질적으로 대꾸했다.

“그 말이 벌써 몇 번째인지 알고는 있나? 지금까지의 도움을 내 잊은 것은 아니지만, 이번 일에는 그쪽에서 책임을 져야 할 것이다! 혈천강시 제조에 본가가 지원한 자금이 얼마나 많은지는 잘 알고 있겠지?”

“물론입니다. 하나 제 목을 걸고 장담하겠습니다. 철혈가가 절대 손해 볼 일은 없을 것입니다.”

어둠 속에서 들려온 대답에도 곡상천의 구겨진 얼굴은 펴지지 않았다. 그저 살짝 아랫입술을 깨문 채 어둠 속의 인영을 가만히 노려보고 있을 뿐. 이내 곡상천의 입이 천천히 열렸다.

"이틀… 그 안에 혈천강시가 하나라도 도착하지 않으면 우리의 협력 관계를 다시 한 번 생각해 봐야 할 것이다."

대답도 듣지 않고 곡상천은 그대로 휙 돌아서서 밖으로 나가 버렸다. 어두운 방 안에 홀로 남은 인영은 입꼬리를 살짝 말아 올리며 나직이 중얼거렸다.

"크, 크크. 명심하시오, 철혈가주. 제 분수를 모르는 욕망이 스스로를 파멸로 이끈다는 것을……."

이틀 후, 이른 새벽녘.

철혈가 외당 소속 무인 임철은 외부 경계 근무 교대를 위해 동료와 함께 숙소를 나섰다. 동료는 임철보다 열 살은 많은 고참이었다. 길게 하품을 하며 근무지로 나서는 고참의 모습에 임철은 속으로 나직이 한숨을 내쉬었다.

"으하아암! 거참, 새벽 근무는 좀 빼달라니까. 이따 교대하고 나면 반 시진도 못 자겠구만, 쩝!"

고참은 연신 하품을 하며 구시렁거렸다. 그러는 사이 근무지에 도착한 두 사람은 이전 경계 근무자와 인수인계를 한 후, 그 자리에서 경계를 서기 시작했다. 이른 새벽이라 그런지 주위는 안개가 자욱했다.

한자리에 서서 밖을 지켜보는 일이라 얼마 시간이 지나지 않았는데도 지루해졌다. 임철의 옆에 선 고참은 계속해서 하품을 해대다가 이제는 꾸벅꾸벅 졸고 있었다. 정면을 응시하고 있던 임철은 고참이 조는 모습을 흘낏 쳐다보며 나직이 한숨을 내쉬었다.

"망할… 제대로 하고 불평불만을 하든가……."

혹시나 들을까 싶어 임철은 나직이 투덜거렸다.

그때였다. 자욱한 안개 너머에서 다가오는 발소리가 희미하게 들려왔다. 방향으로 보아 경계 근무를 잘 서고 있는지 확인하는 순찰인 것 같았다. 임철은 조심스레 졸고 있는 고참의 옆구리를 살짝 찔렀다.

"으억! 나, 나 안 졸았어!"

화들짝 놀란 고참이 번쩍 눈을 뜨며 반사적으로 낮게 소리쳤다. 막 잠에서 깬 탓에 고참은 휘둥그레 눈을 뜨고는 황급히 주위를 두리번거렸다. 한심하기 짝이 없는 모습에 절로 한숨이 흘러나왔다. 하지만 애써 겉으로 티 내지 않고 조용히 말했다.

"순찰입니다. 정신 차리십쇼, 형님."

"어, 으응? 순찰이라고? 어우. 큰일 날 뻔했구만. 깨워줘서

고맙네."

생각 같아서는 순찰에게 들키도록 그냥 내버려 두고 싶었다. 하지만 경계 근무를 서는 중에 졸고 있는 것을 들켰다가는 임철 자신도 함께 치도곤을 당할 것이 뻔한 일이라 어쩔 수 없었다.

속으로 한숨을 곱씹으며 임철은 자세를 바로 했다. 고참도 허둥지둥 구부정한 허리를 펴고 아무렇지도 않은 듯 긴장한 얼굴로 경계를 서기 시작했다. 그러는 사이 안개 사이를 뚫고 순찰 무인이 가까이 다가왔다. 고참이 먼저 순찰 무인을 보고는 조금 전까지 졸고 있던 모습은 온데간데없이 사라진 군기 꽉 찬 모습으로 순찰 무인을 향해 포권을 취했다.

"경계 십이 조 근무 중 이상 없습니다!"

"어허! 잠시 둘러보러 온 것이니 시끄럽게 소란 피우지 말게."

버럭 소리치는 고참의 말을 손을 들어 막으며 순찰 무인이 조용히 말했다. 얼핏 보기에 순찰 무인은 임철의 고참보다 열 살은 넘게 어려 보였다. 하지만 순찰 무인의 지위가 두 단계는 더 높은 탓에 예우를 갖춰야만 했다.

"근무 수칙이니 보고는 어쩔 수 없는 일입지요. 안 그렇습니까?"

사근사근한 미소를 지으며 순찰 무인에게 말을 거는 고참의 모습에 임철은 저도 모르게 살짝 눈살을 찌푸렸다. 그것을 본 순찰 무인이 무어라 입을 열었다.

"자네는 왜 그리……!"

순찰 무인은 말을 채 끝내지 못했다. 빠른 속도로 다가오는 수십 개의 기척을 느낀 탓이었다. 어쩐지 이상한 느낌이 드는 기척이었다. 살기는 조금도 느껴지지 않았다. 그저 왠지 모를 한기가 느껴질 뿐이었다.

순찰 무인은 표정을 굳힌 채 허리에 찬 검병에 손을 가져갔다. 그 바람에 임철과 고참도 긴장한 얼굴로 검을 뽑아 들었다.

스릉!

매끄러운 낮은 금속성과 함께 검이 뽑혀져 나왔다. 동시에 순찰 무인은 자신의 등 뒤에 선 임철과 고참을 향해 다급히 말했다.

"너희는 어서 가서 병력 지원을 요청해라. 어떤 작자들인지 모르겠지만 이런 시간에 저렇게 다가오는 것이 결코 호의적이지는 않을 것이니! 내당에도 경계 태세를 갖추라 전하고, 남는 병력은 모두 이쪽으로 보내라고 말이다!"

"예, 예엡!"

대답과 동시에 고참은 꽁지가 빠져라 내달렸다. 임철은 나직이 한숨을 내쉬며 순식간에 멀어져 간 고참의 뒤를 좇아 황급히 걸음을 옮기기 시작했다. 그때였다.

스파파팍!

귓가를 스치는 파공성과 함께 순찰 무인의 날카로운 외침이 터져 나왔다.

"멈춰라! 감히 여기가 어딘 줄 알고 달려드는 거냐!"

저도 모르게 고개를 돌린 임철의 눈에 이 세상 사람처럼 보이지 않은 잿빛 피부를 한 수십 명의 사내가 짙은 안개를 뚫고 빠른 속도로 달려오는 모습이 비쳤다.

"으, 으어억!"

캉! 카카캉! 파캉!

연이어 터져 나오는 날카로운 금속성과 파열음, 파공성이 새벽 어스름이 가득한 주위를 어지럽혔다. 철혈가 외당 무인들은 자신의 눈앞에서 벌어지는 일을 믿을 수 없었다. 갑자기 달려드는 잿빛 피부의 사내들을 막기 위해 나섰지만, 조금도 걸음을 막을 수 없었다. 검기가 맺힌 검으로 내려쳤지만 잘리거나 생채기 하나 나지 않았다. 오히려 부러진 것은 공격을 한 자신들의 검이었다.

이상한 것은 외당 무인들의 공격을 온몸으로 받아내고만 있는 잿빛 피부의 사내들이었다. 외당 무인들의 거센 공격에 반격을 할 법도 하건만, 그저 자신에게 날아드는 검을 쳐 내거나 몸으로 받아내기만 할 뿐 별다른 공격을 하고 있지는 않았다. 아니, 오히려 계속해서 앞으로 나아가려 하고 있었다.

"막아! 놈들이 내당에 침입하게 놔둬선 안 된다! 목숨 걸고 막아! 막으라고!"

철혈가 외당주 감여일은 질끈 이를 악물고 자신을 향해 짓쳐들어오는 잿빛 피부의 사내를 향해 검을 휘둘렀다.

파카카카!

짙은 검기가 맺힌 검과 잿빛 피부가 부딪쳤다. 날카로운 금속성과 함께 불꽃이 튀었다. 마치 단단한 강철이 서로 부딪친 것 같았다. 강한 반탄력에 손아귀가 저릿했다. 감여일은 더욱 강하게 검을 움켜쥐고는 내공을 끌어 올렸다. 정체를 알 수 없는 잿빛 피부의 사내들을 절대 내당으로 침입하게 내버려 둘 수 없었다. 목숨을 걸고서라도 막아야만 했다.

우우우우웅!

한계치까지 내공을 끌어 올리자 손아귀의 검이 낮은 검명을 토해냈다. 감여일이 그대로 잿빛 피부의 사내를 향해 달려들려는 순간!

"모두 멈춰라!"

주위를 크게 뒤흔드는 커다란 음성이 외당 무인들이 막아선 등 뒤에서 들려왔다. 정신없이 검을 휘두르던 외당 무인들은 저도 모르게 그대로 멈춰 섰다. 움직임을 멈춘 것은 외당 무인들만이 아니었다. 거침없이 전진하던 잿빛 피부의 사내들도 언제 그랬냐는 듯 그 자리에 돌처럼 굳어 있었다.

타탓! 펄럭! 턱!

빠르게 다가오는 파공성이 들려온 것과 동시에 눈앞에 휘날리는 옷깃이 보였다. 누군가 멈춰선 외당 무인과 잿빛 피부의 사내들 사이에 착지했다. 눈앞의 인영을 알아본 감여일의 눈이 커졌다. 이내 감여일은 그대로 한쪽 무릎을 꿇고 고개를 숙이며 포권을 취했다.

"가, 가주를 뵙습니다!"

그제야 멍하니 굳어 있던 나머지 외당 무인들이 일제히 무릎을 꿇으며 소리쳤다.

"가주를 뵙습니다!"

기백에 이르는 외당 무인들의 외침이 주위를 크게 뒤흔들었다. 철혈가의 가주 곽상천은 천천히 고개를 돌려 외당주 감여일을 흘끗 쳐다보았다. 이내 곽상천은 굳어 있는 잿빛 피부의 사내들에게로 고개를 돌렸다. 곽상천의 입가에 진한 음소가 지어졌다.

"크크크, 드디어 도착했군. 제한 시간을 반나절 앞두고 도착이라니……."

"그게 무슨……?"

곽상천의 말에 감여일은 저도 모르게 고개를 갸웃하며 물었다. 곡상천이 다시 감여일에게로 슬쩍 고개를 돌렸다. 눈이 마주치자 감여일은 저도 모르게 어깨를 흠칫 떨었다. 곡상천은 가만히 외당 무인들을 둘러보며 입을 열었다.

"지금 이 자리에서 본 것은 누구에게도 발설해서는 아니 될 것이다. 만약 주위에 소문이 돈다면 내 너희들을 절대 용서치 않을 것이니! 다들 명심해야 할 것이야."

곡상천의 낮은 음성이 외당 무인들의 귓가로 흘러들었다. 그저 눈앞의 상대에게 말한 것 같은 조용한 음성이었지만 외당 무인들에게는 벼락이 치는 소리처럼 들려왔다. 다들 긴장한 얼굴을 한 채 서로 눈치만 살피고 있었다.

영문을 알 수 없는 것은 감여일도 마찬가지였다. 자신들은 갑작스러운 침입자를 막아선 것뿐이었다. 그것이 자신을 비롯한 외당 무인들의 임무였으니. 감여일은 조심스레 몸을 일으켜 곡상천에게 다가가려 했다. 하지만 곡상천은 그대로 획 돌아서서 내당 쪽으로 몸을 날렸다.

파팟!

동시에 돌 조각상이라도 된 듯 그 자리에 멈춰 서 있던 잿빛 피부의 사내들이 곡상천의 뒤를 좇아 움직이기 시작했다. 감여일을 비롯한 외당 무인들은 그저 멍하니 그 모습을 지켜보고 있을 뿐이었다.

순식간에 곡상천을 비롯한 잿빛 피부의 사내들이 시야에

서 사라졌다. 감여일은 넋 나간 얼굴로 멍하니 곡상천이 사라진 방향을 쳐다보며 중얼거렸다.

"도대체……?"

*　　　*　　　*

"이게 대체 무슨 일이란 말입니까? 그들이 확실히 마도와 내통했다는 증거라도 있는 겝니까?"

사도맹주 막위운은 정사맹 총단에 도착하자마자, 자신을 따르는 사파의 인물들을 소집해 비밀회의에 들어갔다. 일단은 지금의 상황을 제대로 파악하는 것이 먼저라 사파인들만 불러 모은 것이었다. 조용히 퍼져 나간 막위운의 질문에 사파인이 저마다 한마디씩 대답했다.

"두 번, 세 번을 확인해 본 결과입니다. 심증만으로 그런 일을 벌일 리가 없지 않습니까."

"그렇습니다. 특히나 이번 일은 정의맹주가 주도적으로 행한 일임에도, 정파 쪽 문파가 팔 할을 차지하고 있습니다. 신빙성을 의심할 여지가 없지요."

"몇 가지 물증도 확보된 것으로 알고 있습니다. 그렇지 않다면 저희도 이번 일에 동의하지는 않았을 겁니다."

연이어 들려오는 대답에 막위운의 얼굴이 살짝 굳었다. 자신이 자리를 비우지 않았다 해도 막을 수 없었을 거라는 생각이 들었다. 저도 모르게 한숨이 흘러나왔다. 하지만 이대로 가만히 두고 볼 수는 없는 노릇이었다.

막위운은 가만히 자신의 주위에 있는 이들을 하나하나 쳐다보았다. 사도맹이 조직된 이래로 함께하던 이들이었다. 하지만 이들 모두를 마음 깊이 신뢰하는 것은 아니었다.

자신이 마도의 간자로 의심하는 자의 철저한 뒷조사를 개방주인 홍영에게 부탁하고 온 참이었다. 하지만 예상 밖의 상황이 전개되어 마냥 연락이 오기를 기다리고 있을 수는 없었다. 무언가 대책을 마련해야 했다.

'빌어먹을… 적당한 수가 생각나지 않는군.'

막위운은 저도 모르게 살짝 아랫입술을 깨물었다. 지금 상황에서 어떻게 할 방법이 없었다. 괜히 어설프게 나섰다가는 오히려 자신이 의심받을 수도 있는 일이었다. 가만히 생각에 잠겨 있던 막위운은 자신의 심복이나 다름없는 모태량을 흘끗 쳐다보았다.

자리에 있는 인물 중 자신이 가장 신뢰하는 것이 바로 모태량이었다. 어린 시절 막위운이 뒷골목 생활을 할 때부터 온갖 궂은 일을 함께해 온 사이였으니 신뢰가 깊을 수밖에 없었다.

막위운의 시선을 느낀 모태량이 고개를 돌렸다. 서로 눈이 마주치자 모태량은 이내 살짝 고개를 끄덕였다.

"다들 알겠소이다. 이번 일은 내가 자리를 비운 사이에 벌어진 것이라 좀 더 자세히 알아보려고 한 것이니 오해 없길 바라겠소."

한자리에 모여 있던 사파 수뇌부들이 흩어지고 난 후에도 막위운과 모태량은 자리를 지키고 있었다. 주위에 인기척이 완전히 사라진 후에야 막위운은 조용히 입을 열었다.

"이번 일… 자네는 어떻게 생각하는가?"

막위운의 질문을 예상했다는 듯 모태량은 입꼬리를 살짝 말아 올리며 대답했다.

"당금 무림의 상황을 보면 적절한 조치라 할 수 있겠습니다. 심증에 물증까지 있으니 말입니다."

"지금 그걸 말이라고……!"

모태량의 대답에 막위운이 저도 모르게 벌떡 일어나며 소리쳤다. 차분한 모태량의 말이 곧장 뒤이어졌다.

"하나 아무래도 이상한 점이 한두 가지가 아닌 것 같습니다."

엉거주춤 일어나다 만 자세로 있던 막위운이 헛기침을 삼키며 다시 자리에 앉았다. 언제 그랬냐는 듯 자못 진지한 표정으로 막위운이 물었다.

"그게 무슨 소린가?"

"우선 정의맹주가 이번 일을 주도적으로 처리했다는 점입니다. 맹주께서 부재중이신 탓에 제 독단으로 은밀히 조사한 결과, 이번에 멸문당한 문파 중 정의맹주와 크고 작은 연이 닿아 있는 곳이 정사 구분 없이 모두 스물세 곳이었습니다. 그중에는 제대로 알려지진 않았지만 꽤나 밀접한 인연이 있는 문파도 있더군요."

"흐음, 그런가……."

"또한 몇 번의 검증을 거쳤다고는 하지만, 그 기간이 턱없이 짧았습니다. 세밀하게 조사할 틈이 없이 그저 드러난 몇 가지 사실의 신빙성을 조금 더 알아보는 것뿐이었지요. 그 과정에서 저희 사도맹의 내부 정보망은 배제되었습니다."

"사파 계열의 문파를 조사하는 것도 말인가?"

"그렇습니다."

"일단은 내부 정보는 쉽게 조작이 가능하다는 근거를 들기는 했습니다만… 정파 계열 문파의 조사는 정사맹의 정보부에서 주도적으로 진행한 것이니……."

정사맹의 정보부라면 개방을 제외한 각 정도문파의 개별적인 정보망을 합쳐 만들어낸 곳이었다. 모태량의 말이 사실이라면 검증 조사에 있어 형평성이 맞지 않았다는 뜻이었다.

"역시나……."

막위운은 나직이 중얼거리며 고개를 끄덕였다. 의심이 더욱 짙어졌다. 확실한 증거만 잡을 수 있다면, 정사맹의 수뇌부에 있는 마도의 주구를 몰아내고 조직을 더욱 단단히 결속할 수 있을 것이다.

증거만 있다면…….

당장에는 어쩔 수 없는 일이다. 지난 수십 년간 자신의 진짜 정체를 숨기고 있던 자였으니 쉽게 증거가 잡힐 리 없었다. 안 그래도 그것 때문에 개방주인 홍영을 은밀히 만나고 온 막위운이었다. 개방의 정보망이 아닌 외부에는 전혀 알려지지 않은 방주 직속의 밀탐(密探)을 운용해 뒷조사를 한다면 흔적도 남지 않을 터. 은밀히 뒷조사를 하려면 홍영의 협조가 필수적이었다.

잠시도 눈을 뗄 수 없는 상황에서 자리를 비운 것은 그런 자초지종을 서신으로 전하기에는 무리가 있는 탓이었다. 홍영에게 전해지기 전에 다른 누군가가 훔쳐볼 수도, 중간에 가로챌 수도 있는 일이었으니. 아마도 밀탐을 소집한다 해도, 정확한 사정은 홍영만 알고 있을 것이다.

확실히 옭아맬 수 있는 증거가 확보되기 전까지는 절대 경거망동해서는 안 된다. 혹시라도 자신이 의심받고 있다는 것을 알게 되면 무슨 일이 벌어질지 모르는 일이었다.

"어떻게 할까요, 맹주님?"

생각에 잠긴 막위운의 귓가에 조심스러운 모태량의 음성이 흘러들었다. 막위운은 나직이 한숨을 내쉬며 입을 열었다.

"후우… 지금 '그'에게 붙여둔 눈이 얼마나 있나?"

"혹시라도 눈치챌지 모르는 일이라 밀영 하나만 붙여두었습니다. 뺄까요?"

"아니. 지금 와서 감시를 않으면 오히려 그것 때문에 더 의심을 사게 될 걸세. 이전에 하던 대로 계속 감시를 진행하도록 하세나."

"알겠습니다."

"대신 다른 자들에게도 밀영을 붙여두도록 하지. 그 말고도 마도의 간자가 있을지도 모르는 일이니, 당분간은 다른 자들의 뒷조사에 매진하는 것이 좋겠네."

아무리 자신이 의심하는 자가 정사맹의 수뇌 중 하나라 해도 중요한 사안을 혼자 결정할 수는 없었다. 최소한 서넛은 있어야 여론을 원하는 방향으로 이끌 수 있을 것이다. 정의맹의 수뇌부 전원의 뒷조사를 철저히 해내야만 했다. 수많은 인력과 자본, 정보, 시간이 필요한 작업이라는 것은 생각하지 않아도 금세 알 수 있었다.

모태량은 난감한 얼굴로 끄응, 하고 한 차례 신음하더니 이내 고개를 끄덕였다.

"알겠습니다. 밀영 전부를 소집해 정의맹 간부들의 뒷조사를 실시하겠습니다."

"힘들겠지만 최대한 빠른 시일 내에 조사를 끝내야만 하네. 그것도 비밀리에 말일세."

굳이 말로 하지 않아도 잘 알고 있었다. 모태량은 나직이 한숨을 내쉬며 고개를 끄덕였다.

"당연한 일이지요."

*　　　*　　　*

혈천강시 서른둘.

곡상천은 흡족한 얼굴로 자신의 앞에 쭉 일렬로 늘어선 혈천강시를 쳐다보았다. 생각했던 것보다 숫자가 그리 많지 않았지만, 이 정도의 숫자라면 웬만한 거대 문파쯤은 반 시진 내에 멸문시킬 수 있는 수준의 병력이었다.

혹시나 해서 직접 시험해 본 결과는 아주 만족스러웠다. 자신의 칠성의 공력을 담은 공격에도 혈천강시는 상처 하나 없었다. 타격 부위가 살짝 붉게 달아오르나 싶더니 이내 원래의 잿빛으로 돌아왔다.

보통의 타격뿐만 아니라 예리한 날붙이도 혈천강시의 피부를 베거나 뚫지 못했다. 잠시 날붙이가 부딪친 자국이 생겼다가 사라질 뿐이었다. 조금 더 공력을 끌어 올리자 약간의 상처가 나기는 했다. 하지만 피도 흐르지 않고 그저 찢어진 상처가 났다가 잠시 후 저절로 아물었다. 마치 명주실로 비단을 짜내듯 피부의 가느다란 섬유질이 얽히고설켜 상처를 메워갔다.

"크큭! 완성된 혈천강시가 이 정도일 줄이야! 정말로 대단하군. 불문에서 말하는 금강불괴(金剛不壞)에 육박할 정도인걸? 생각보다 숫자가 적은 것이 아쉬울 뿐이로군."

혈천강시의 숫자가 일백이 넘었다면 앞뒤 따지지 않고 바로 오대 봉신가와 천뢰일가를 치고 수좌를 차지하려 했을 곡상천이었다. 하지만 혈천강시 서른둘로는 부족했다. 중원 무림의 거대 문파 한둘 정도야 짧은 시간 안에 충분히 무너뜨릴 수 있을 테지만, 천뢰일가를 그렇게 해서는 안 된다. 최대한 병력을 온전히 보전한 채로 수좌를 차지해야만 했다. 껍데기만 남은 천뢰일가는 사양이었다.

"오십 정도는 완성되었을 거라 보았는데, 생각보다 숫자가 적군요. 냉혈가주의 능력을 너무 높게 평가했나 봅니다. 그 점 사죄드리겠습니다, 철혈가주."

등 뒤에서 들려온 익숙한 음성에 곡상천은 입꼬리를 살짝 말아 올린 채 조용히 대꾸했다.

"아니, 좀 모자란 감이 없진 않지만 없는 것보단 훨씬 나은 상황이지. 하지만 지금 당장 쓰지는 않는 게 좋을 것 같군.

혈천강시는 적당한 때가 오기 전까지 철저히 비밀에 부쳐둘 생각이다. 그나저나 다행이로군. 우리의 긴밀한 협력 관계가 당분간 이어질 테니 말이야. 크크크."

"저희로서는 다행이 아닐 수 없습니다. 앞으로도 잘 부탁드리겠습니다, 철혈가주."

서로 간의 관계에서 자신이 주도권을 쥐고 있다고 생각하고 있는 곡상천은 저자세로 나오는 어둠 속 인영의 태도가 마음에 들었다. 혈천강시가 도착하기 며칠 전, 관계를 끊겠다고 으름장을 놓은 것이 확실하게 먹힌 것 같았다. 이대로라면 앞으로도 자신이 주도하에 모든 일을 풀어나갈 수 있을 것이다.

"크크, 우리 사이의 협력 관계는 그쪽이 하기에 달렸다는 것을 명심해야 할 거야."

"명심하겠습니다. 그나저나 이번 일로 가주께 심려를 끼친 것에 사죄하는 뜻으로 선물을 준비했습니다."

"선물……?"

고개를 갸웃하는 곡상천의 물음에 등 뒤의 인영은 자신의 자취를 지우며 조용히 대답했다.

"부디 가주께서 마음에 들어 하셨으면 좋겠군요."

이내 인영의 기척은 완전히 사라져 버렸다. 곡상천은 그대로 천천히 돌아섰다. 곡상천의 시선은 방금 전까지 기척이 느껴지던 자리로 향해 있었다. 그 자리에는 손바닥만 한 크기의 황금빛 옥갑이 놓여 있었다. 곡상천이 다가가 옥갑을 집어 들었다. 크기에 비해 묵직한 무게감이 느껴졌다.

딸깍!

작은 경첩이 달려 있는 옥갑의 뚜껑을 열자 낮은 금속성이 들려왔다. 동시에 절로 인상이 찌푸려질 정도로 지독한 악취가 흘러나와 코끝을 자극해 왔다. 곡상천은 남은 손으로 코를 잡으며 왈칵 인상을 찌푸렸다.

"뭐, 뭐야, 이건!"

그대로 옥갑을 내던지려던 곡상천의 눈에 뚜껑 안쪽에 붙어 있는 작은 쪽지가 보였다.

부디 가주의 내공 증진에 큰 도움이 되었으면 하는 바람입니다.

쪽지에는 그렇게 적혀 있었다. 그렇다는 것은 암명환과 비슷한 영약일 가능성이 높았다. 하지만 이번 것은 환약의 형태가 아니라 옥갑 전체를 가득 채운 시커먼 고약 같아 보였다.

"으음……."

워낙에 악취가 심해 복용하는 것이 고민이 되었다. 곡상천은 시험 삼아 옥갑 안의 고약을 검지에 살짝 찍었다. 그러곤 눈을 질끈 감고 그것을 입으로 가져갔다. 혀끝에 닿자 씁쓸한 맛이 순식간에 입안으로 확, 퍼져 나갔다. 삼키기 힘들 정도였지만 곡상천은 억지로 침을 내 삼켰다.

후끈한 느낌이 식도를 타고 위장으로 흘러들었다. 그러더니 갑자기 온몸의 혈도가 자극되며 절로 내공이 일어났다. 열기가 가라앉자 미묘하게 내공이 활성화된 것처럼 느껴졌다. 손끝에 살짝 묻힌 정도로 적은 양이었지만 효과가 상당했다. 옥갑 안에 든 것을 모두 복용한다면 어느 정도의 효과가 있을지 짐작할 수 있었다.

최소한 반 갑자.

어쩌면 그 이상의 내공을 얻을 수 있을 거라는 확신이 들었다. 곡상천은 저도 모르게 입꼬리를 말아 올리며 옥갑을 내려다보았다. 갑자기 지독한 악취가 코끝을 찔러왔다.

"으, 으음……."

저도 모르게 나직이 신음이 흘러 나왔다. 생각 같아서는 지금 당장 모두 복용하고 싶었다. 하지만 너무도 지독한 악취에 망설임이 생겼다. 한참을 한 손으로 코를 잡고 인상을 찌푸린 채 열린 옥갑을 쳐다보던 곡상천은 깊은 한숨을 내쉬며 나직이 중얼거렸다.

"으음… 아무래도 이건 좀……. 나중에 조금씩 먹어야겠군

그래."

왠지 선물이 선물 같지 않게 느껴지는 곡상천이었다.

*　　　*　　　*

"이제 도착이로군."

사진량은 나직이 중얼거리며 걸음을 늦췄다. 저 멀리 철혈가의 전각들이 보였다. 이제 반 시진 안에는 철혈가를 중심으로 형성된 마을의 초입에 들어설 수 있을 것이다. 중간에 예상치 못한 일로 발목을 잡혀 예정보다 훨씬 늦었지만, 그나마 천뢰일가에서 남궁사혁이 연기를 제법 잘해주고 있는 터라 아직까지는 여유가 있었다.

문제는 어떻게 철혈가에 잠입하느냐는 것이었다. 조용히 들어갔다가 나오는 것은 큰 문제가 되지 않았다. 하지만 제대로 조사를 하려면 철혈가에 오랫동안 머물러야 했다. 최소한 활강시를 만드는 마도의 수법을 냉혈가에 전해준 것이 철혈가주라는 것을 증명할 수 있는 물적 증거를 확보해야 했다. 마도와의 직접적인 접촉을 알아내지 못한다 해도 그 정도라면 철혈가주를 쳐낼 충분한 근거가 될 터였으니.

"일단 마을에 가서 기회를 노리는 게 좋겠군."

어찌 됐든 철혈가 근처에 있다가 보면 기회가 생길 수도 있을 것이다. 사진량은 나직이 한숨을 내쉬며 다시 걸음을 옮기기 시작했다.

"어서 옵셔~! 이쪽으로 오십셔. 마침 딱, 빈자리가 하나 남았는데 잘 오셨습니다!"

객잔 입구에 들어서자마자 기다렸다는 듯 점소이가 후다닥 달려 나오며 자리로 안내했다. 사진량은 점소이에게 이끌려 자리에 앉았다. 점소이는 양 손바닥을 맞잡은 채 헤실거리며 물었다.

"헤헤, 뭘로 드릴깝쇼?"

"소면 한 그릇이랑 동파육(東坡肉) 되나?"

"당연히 됩죠. 혹시 술은……?"

안주로 잘 어울리는 동파육을 주문한 것이라 점소이가 당연하다는 듯 물었다. 사진량은 별다른 생각 하지 않고 싸구려 화주를 한 병 주문했다.

"화주 한 병 부탁하네."

"네입! 소면 한 그릇에 동파육, 그리고 화주 한 병 주문받았습니다아!"

점소이는 주문받은 내용을 확인하고 주방 쪽으로 달려갔다. 주문 내용을 다시 소리치는 점소이의 음성을 들으며 사진량은 가만히 자신의 주위에서 들려오는 잡담에 귀를 기울였다. 혹시라도 무슨 중요한 정보를 얻을 수 있을지도 모르는 일이었으니.

"으아! 오늘은 마누라쟁이가 하도 난리를 피워서 집에 들어가기 싫구만."

"크큭! 언제는 마누라가 좋아 죽겠다고 동네방네 자랑하고 다니더니만!"

"예끼, 이 사람아! 내가 언제! 그딴 쉰 소리 하지 말고 술이나 마셔!"

"그려! 마셔, 마시자고. 크크크큭!"

"오메. 장사가 원 없이 잘돼 부렀어. 나가 크게 한잔 쏠라니까. 먹고 싶은 거 있으면 다 시키랑께."

"자네 같은 짠돌이가 웬 일이랴? 진짜로 다 시켜도 되는 거여?"

"이 사람이 속고만 살았나? 내가 산다고 하면 사는 겨! 나중에 후회말고 어여 시키랑께?"

중원 전역에서 사람들이 모여드는 것인지, 수많은 지방의 사투리가 사방에서 들려왔다. 내용은 대부분이 쓸데없는 잡담뿐이었다. 억양이 강해 고성에 가까운 소리에 절로 눈이 찌푸려지기도 했다. 하지만 사진량은 눈 하나 깜짝하지 않고 무표정한 얼굴로 주위에서 들려오는 대화에 집중했다.

"여기 소면이랑 화주 나왔습니다! 동파육은 조금만 기다려

주십쇼."

점소이가 막 끓여낸 것인지 먹음직스러운 김이 피어오르는 소면과 함께 화주병을 탁자에 내려놓았다. 사진량은 귀로는 주위의 소음을 들으며 젓가락을 집어 들었다.

"그나저나 그 소문 들었남?"

"뭐가?"

"거, 무림맹인가 정사맹인가, 뭔가에서 이번에 큰일을 치렀다는구만."

막 한 젓가락을 입에 대려는 찰나, 들려온 소리에 사진량은 귀를 쫑긋 세웠다. 사진량이 앉은 자리에서 거의 맞은편에 앉아 있는 상인처럼 보이는 세 중년 사내가 나누고 있는 대화였다.

"정사맹에서 무슨 일이 생겼는디?"

"아따, 이 친구. 이렇게 소식통이 느려서 장사는 어떻게 해 먹고 사는겨?"

"거, 쓸데없는 소린 집어치우고 어여 얘기나 빨리 해보라고. 정사맹에서 뭔 일이 생겼는데?"

"자네도 우리 오원상회가 무림 문파들이랑 거래 트고 있는 건 잘 알고 있을겨. 근데 이번에 우리 상회랑 거래하고 있는 문파 몇 개가 정사맹인가 뭔가 손에 멸문을 당했다지 뭔가. 호북 지부에서 두 곳, 하남 지부에서도 두 곳, 또 어디라

더라……? 기억이 잘 안 나는구만. 여튼 정파고 사파고 가리지 않고 싸그리 몰살당했다고 하더라고."

"허이구, 안 그래도 요즘 소문이 뒤숭숭헌디 그런 흉사가 있었구먼. 이거 자칫하면 경기가 나빠져서 장사가 잘 안 될 수도 있겄는디?"

"이 사람아! 장사가 문젠감? 적어도 수백 명이 죽어 나자빠졌다는데. 그나저나 그런 일이 생겼는데 관아에서는 아무런 반응도 없는 건감?"

"듣자하니 정사맹에서 벌이는 일에는 눈 딱 감고 모른 척하기로 했다는구만."

"허어! 그래? 그러면 그 멸문당한 문파에 받을 미수금은 어쩐다던가?"

"상회 총단에서 알아봤는데 손해 본 만큼은 정사맹에서 보상해 준다고 했다지 아마?"

"뭐여, 그럼 아무 손해도 없는 거잖어? 그나마 다행이로구만."

상인은 역시 상인이었다. 몇 개의 문파가 멸문에 이르고 수백 명이 몰살당했다는 얘기를 하면서도 자신들의 손해가 없으니 다행이라며 안도를 하고 있었다

거기까지 들은 사진량은 조용히 소면을 먹으며 생각에 잠겼다. 정사맹에서 나서서 정사를 가리지 않고 몇 개의 문파를

멸문시켰다는 것은 아마도 마도와 손을 잡은 문파를 벌하기 위함이었을 것이다.

하지만 하나도 살려두지 않고 몰살시켰다는 것이 마음에 걸렸다. 마도의 꼬리를 제대로 잡으려면 수뇌를 살려두고, 심문을 해 꼬치꼬치 캐내는 것이 정석이지 않던가.

그런데 몰살이라니.

아무래도 무언가가 이상했다. 그러고 보니 개방의 방주인 홍영이 정사맹 내부의 미묘한 불협화음에 대해 얘기했던 것이 떠올랐다. 어쩌면 정사맹 내부에도 마도와 연결된 자가 있어 추적을 미연에 방지하기 위해 꼬리를 잘라낸 것일 수도 있다는 생각이 들었다.

"늦어서 죄송합니다! 동파육 나왔습니다."

그 사이 점소이가 주문한 동파육을 가져왔다. 마침 소면을 다 먹은 참이라 사진량은 동파육 한 점에 화주를 병째 들고 들이켰다.

'아무래도 개방을 통해 좀 더 알아보는 편이 좋을 것 같군. 본가의 정보망도 함께 이용하는 게 훨씬 나을 테지.'

안 그래도 개방을 통해 천뢰일가에 정기 연락을 취해야 할 즈음이었다. 한동안 사람이 거의 다니지 않는 험로로 이동하느라 연락을 제대로 하지 못한 탓에 천뢰일가의 소식도 궁금한 참이었다.

사진량은 단숨에 화주를 비워 버리고는 동파육 몇 점을 빠르게 입속에 밀어 넣었다. 품속에서 은자 몇 개를 내려놓고 몸을 일으킨 사진량은 그대로 객잔을 나섰다.

*　　*　　*

"그러니까 앞으로는 처분에 좀 더 신중해야 한다고 말씀드리는 게요."

막위운은 나직이 한숨을 내쉬며 회의실 상석에 앉은 관영효를 지그시 쳐다보았다. 관영효는 가만히 그 눈빛을 받아내며 말했다.

"마도와 내통한 문파를 멸문시키는 것은 회의실에서 모두의 의견을 통해 결정된 일이외다. 당시 다들 흥분한 상태라 감정적으로 결정한 면이 없지 않지만 그래도 그 자리에 계시지 않은 사도맹주께 이리 타박당할 일은 아니라고 보오만……?"

"그러니 내 조심스레 제안하는 것이 아니겠소. 마도와 내통한 문파를 멸문시키는 것은 당연한 일이오만, 그래도 생존자 몇 명을 데려다 심문을 했더라면 더 큰 성과를 얻을 수도 있었지 않소. 안 그렇소이까?"

"듣고 보니 그렇구려."

"허어, 우리가 분노로 이성을 잃어 너무 성급했던 게로구려. 사도맹주의 말씀이 옳소이다."

가만히 듣고 있던 주위에서 막위운의 말에 동의하며 고개를 끄덕였다. 정파인들도 겉으로 내색을 하지 않았지만 동의하는 기색이었다. 그것을 느낀 관영효가 나직이 한숨을 내쉬며 고개를 끄덕였다.

"다들 그리 생각하신다니 어쩔 수 없구려. 사도맹주께서 하시는 말씀의 의도는 잘 알겠소. 이후, 또 마도의 주구가 발견된다면 그 의견을 수렴해 사안을 결정하리다. 이러면 되겠소이까?"

관영효는 담담한 눈빛으로 막위운을 쳐다보며 조용히 물었다. 막위운은 자신을 향한 관영효의 눈빛에 미세한 비웃음이 담겨 있는 것 같은 기분이 들었다. 하지만 그런 기분을 드러내지 않고 미소를 지으며 고개를 끄덕였다.

"관 맹주께서 이해해 주시니 감사할 따름입니다. 내 앞으로는 개인적인 사정으로 자리를 비우는 일은 절대 없을 것이니, 그동안 소홀했던 것을 다들 용서해 주시기 바랍니다."

회의가 끝나고 자리를 나서며 막위운은 흘끗 관영효를 쳐다보았다. 관영효는 그 자리에서 가만히 앉아 회의실을 나서는 이들을 지켜보고 있었다. 서로 눈이 마주치자 막위운은 살짝 고개를 숙여 묵례를 하고는 천천히 돌아섰다. 어쩐지 간신히 봉합하고 있던 것이 갈라져 금이 가는 소리가 귓가에 들려온 것 같았다.

第六章

한밤의 추적

"이봐, 장 씨! 이리 와서 좀 도와줘!"

누군가 자신을 부르는 소리에 사진량은 천천히 고개를 돌렸다. 조금 떨어진 곳에서 한 중년 사내가 사진량을 향해 손짓했다. 땀을 닦는 시늉을 하며 사진량은 자신을 부른 중년 사내에게 다가갔다.

"왜 그러십니까, 방 씨 아저씨?"

사진량이 가까이 다가오자 방 씨라 불린 중년 사내는 히죽 미소를 지으며 말했다.

"저기 나랑 같이 가서 짐 좀 나르자고. 자네, 힘 좋잖어?"

"그러죠, 뭐. 어딥니까?"

"따라오라고."

중년 사내 방 씨는 벌떡 일어나 앞장서서 걸음을 옮기기 시작했다. 방 씨가 향한 곳은 건물 뒤편의 공터였다. 공터에는 쌀가마가 가득 쌓여 있었다. 얼핏 보기에도 백 가마는 넘어 보였다.

방 씨는 히죽 미소를 지으며 말했다.

"이걸 저쪽 창고에 옮겨야 되는데 괜찮지, 장 씨?"

"그럼요."

고개를 끄덕인 사진량은 옆에 있는 지게에 쌀가마를 쌓아 올렸다. 보통 사람이라면 아무리 힘이 좋다고 해도 쌀가마 네 개 이상을 한꺼번에 들 수 없었다. 하지만 사진량은 아무런 표정 변화 없이 쌀가마 다섯 개를 지게에 올렸다. 지게가 부러져라 휘었지만 사진량은 아랑곳하지 않았다.

"이야! 역시 힘이 장사구먼! 힘쓰는 일이라면 장정 세 사람 몫은 너끈히 해내겠어그려!"

사진량이 전혀 어려움 없이 쌀가마를 들어 올리자 방 씨는 자못 감탄하며 소리쳤다. 사진량은 피식 미소를 지으며 한쪽 방향을 가리켰다.

"저기 저쪽 창고로 옮기면 되는 겁니까?"

"그려. 나도 몇 사람 더 불러서 옮길 테니까 장 씨 자넨 먼저 일하고 있으라고."

"알겠습니다, 방 씨 아저씨."

사진량의 대답을 들은 방 씨는 그대로 왔던 길을 되돌아갔다. 홀로 남은 사진량은 이내 창고를 향해 걸음을 옮기기 시작했다.

사진량이 철혈가의 영역에 진입한 지 이제 닷새째.

철혈가의 내부에 잠입할 기회를 찾기 위해 사진량은 근처에서 일거리를 찾았다. 수많은 상인들이 오가는 길목이라 잡일꾼을 필요로 하는 곳이 많아서 다행이었다.

인피면구를 쓴 채 평범한 인상을 가장하고 있는 사진량은 누구의 의심도 받지 않고 잡일꾼이 모이는 곳에 자리를 잡았다. 낭인 시장처럼 철혈가의 인근에는 하루하루 벌어먹고 사는 잡일꾼들이 모이는 인력 시장이 있었다.

철혈가는 새외로 상행을 떠나는 이들이 잠시 쉬었다가 재정비를 하고 떠나는 곳에 위치하고 있어서 하루에도 수백 명의 외지인이 들락날락했다. 그 덕에 낯선 외지인인 사진량도 자연스레 그 속에 묻혀 눈에 띄지 않을 수 있었다. 워낙에 평범한 인상인 것도 한몫했다.

이후 이틀 동안 대충 철혈가 주위가 어떻게 돌아가는 지 살핀 사진량은 내부에 잠입할 기회를 노릴 겸, 정보도 얻을 겸 해서 인력 시장을 찾았다. 운이 좋으면 철혈가에서 잡일꾼을 고용하러 나올 수도 있는 일이었다.

그렇게 사진량은 여기저기 불려 다니며 온갖 잡일을 해치우고 있었다. 약간의 내공을 사용하는 것만으로도 보통 장정 서너 배의 일을 처리하는 터라 인력 시장에서 인기가 많았다. 일 잘하기로 소문이 나면 철혈가에서 외부 인력이 필요할 때에 먼저 불러줄 것이라 생각하며 사진량은 더욱 열심히 일을 했다.

"어이구! 벌써 열 가마가 넘게 옮겼구만. 역시 장 씨가 힘쓰기로는 최고라니까!"

다른 잡일꾼 셋과 함께 온 방 씨가 막 다시 쌀가마를 지게에 올리고 있는 사진량을 보고 엄지손가락을 척, 추켜세웠다. 사진량은 뒷머리를 긁적이며 고개를 내저었다.

"아닙니다, 방 씨 아저씨. 그나저나 빨리 끝내야 한다고 하지 않았습니까?"

"아 참! 그렇지. 자네들도 장 씨 따라 저쪽 창고로 쌀가마를 옮기라고."

방 씨는 함께 온 잡일꾼들을 재촉했다. 사진량은 피식 미소를 지으며 부지런히 쌀가마를 지게에 올렸다. 나름 덩치 크고 힘 좀 쓴다고 하는 다른 잡일꾼도 함께 달라붙었다.

하지만 사진량처럼 한꺼번에 다섯 가마를 옮기지는 못했다. 세 가마 정도가 잡일꾼들의 한계였다. 그래도 다섯 사람이 함께 쌀가마를 옮기기 시작하니 일을 금방 끝낼 수 있었다.

“후우, 다들 수고 많았네. 저쪽 일 마무리될 때까지 여기서 푹 쉬고 있자고.”

방 씨는 누런 이를 드러내며 히죽 미소를 지었다. 다들 쌀가마를 옮기느라 힘을 잔뜩 쓴 탓에 지친 얼굴로 고개를 끄덕였다. 물론 사진량의 얼굴엔 조금도 힘든 기색이 없었다.

그 자리에 풀썩 주저앉아 쉬고 있는 참에 방 씨가 슬그머니 다가와 물었다.

“그나저나 자넨 힘들지도 않나? 그 많은 쌀가마를 옮기고도 얼굴색 하나 변하지 않으니…….”

“에이, 저도 힘든 건 힘듭니다. 근데 얼굴이 이렇게 타고난 걸 어쩝니까? 안 그래도 예전엔 이런 얼굴 때문에 손해가 많았습니다. 힘들어죽겠는데 얼굴에 전혀 티가 안 난다고 멀쩡한 줄 알더라고요.”

사진량은 어수룩해 보이는 미소를 지으며 뒷머리를 긁적였다. 사실 낯빛이 거의 변하지 않는 것은 인피면구 때문이었지만 이렇게라도 말해두지 않으면 무슨 오해를 살지 모르는 일이었다.

“허허, 그것참 그럴 수도 있겠구먼. 그나저나 다음에도 짭짤한 일거리가 생기면 내 장 씨, 자넬 꼭 추천해 주겠네.”

"그러면야 저야 감사하죠."

인력 시장의 터줏대감이라 불리는 방 씨에게 잘 보이려는 잡일꾼이 많았다. 이렇게 좋은 인상을 주어야 나중에 기회를 놓치지 않을 것이다.

사진량은 순박한 미소를 지으며 꾸벅 고개를 숙였다.

"그러면 오늘은 이만 끝내기로 하세나. 내 미리 말해두었으니 저쪽에 갈 필요는 없네. 여기 오늘 일당일세."

방 씨는 각자에게 은전 두 개씩 나눠 주었다. 중원 전역에 지부를 두고 있는 황룡상단의 일이라 잡일꾼으로서는 벌이가 꽤나 짭짤한 일거리였다.

"그럼 내일 또 뵙겠습니다, 방 씨 아저씨!"

꾸벅 인사를 하고는 사진량은 그대로 자신이 머무는 객잔을 향해 걸음을 옮기기 시작했다. 함께 쌀가마를 나른 잡일꾼도 싱글벙글 미소를 지으며 돌아갔다.

그렇게 며칠이 흘렀다.

사진량은 하루도 쉬지 않고 매일같이 인력 시장을 찾았다. 신뢰를 쌓기 위에 일을 가리지 않고 나간 덕에 이제는 무슨 일이 있으면 다들 사진량을 먼저 찾을 정도였다. 일거리가 워낙에 많기도 했고, 사진량이 힘쓰는 일에 한해선 적어도 세 사람 이상의 몫을 해내기 때문이기도 했다.

"이봐, 장 씨! 오늘은 좀 큰 건수가 있는데 같이하겠는감?"

"무슨 일입니까?"

사진량은 헤실거리는 얼굴로 물었다. 방 씨가 씨익 미소를 지으며 대답했다.

"적어도 달포는 족히 걸리는 일인데 벌이가 꽤 짭짤할 거야. 철혈가 내당에서 전각 하나를 새로 짓는다고 하더라고. 거기 현장에서 기숙할 일꾼을 구한다던데 어때, 생각 있나?"

드디어 기다리던 일거리가 들어왔다.

사진량의 눈빛이 은밀히 번쩍였다. 거절할 이유가 전혀 없었다. 한 달은 족히 철혈가의 내당에서 지낼 수 있는 절호의 기회였다.

"에이, 방 씨 아저씨가 소개해 주시는 일인데 당연히 해야지요. 언제부텁니까?"

"역시 거절 안 할 줄 알았어! 좀 힘들지도 모르지만 장 씨 자네라면 충분히 잘할 게야. 이제 다섯만 더 모으면 바로 일을 시작할 수 있을 걸세. 조금만 기다리게나."

그렇게 대답한 방 씨는 함께 일할 일꾼을 구하기 위해 다른 잡일꾼들이 있는 곳으로 향했다. 반 시진 후, 방 씨는 얼핏 보기에도 꽤나 기운을 쓸 것 같아 보이는 건장한 잡일꾼 다섯과 함께 나타났다.

사진량은 다른 일꾼과 함께 방 씨의 뒤를 조용히 따라갔다. 방 씨와 미리 얘기가 되어 있는 듯 철혈가의 외당은 생각보다 쉽게 들어갈 수 있었다.

"이제부터 좀 긴장하는 게 좋을 게야. 내당에 들어가는 과정은 굉장히 까다롭다네."

외당을 지나 내당의 입구에 들어서기 전, 방 씨는 그렇게 말했다. 과연 그 말대로였다. 내당은 입구에서부터 삼엄한 분위기가 흘렀다. 경계를 서는 무인들의 눈빛도 내당의 무인들과는 차원이 달랐다. 힘깨나 쓴다는 잡일꾼들도 내당 경계 무인과 눈을 마주치자 절로 어깨가 움츠러들 정도였다.

사진량도 최대한 눈에 띄지 않으려 다른 잡일꾼의 행동을 따라했다.

내당 경계 무인들은 방 씨를 비롯한 잡일꾼들의 신원 확인을 가장 철저히 했다. 다행히 사진량은 천뢰일가를 떠나기 전 혹시나 싶어 개방에 도움을 요청해 신원이 확실한 가상 신분 몇 개를 만들어두었다. 혹시나 뒷조사를 하더라도 아무도 이상함을 느낄 수 없도록 만든 신분이었다. 정밀하게 만들어진 위조 호패는 호패 위조 전문가라 해도 알아볼 수 없을 정도였다.

내당 경비 무인들은 호패 검사는 물론이고, 신분 확인에 필요한 질문을 간헐적으로 던지고 대답을 머뭇거리거나 하는 잡일꾼은 그대로 돌려보내 버렸다.

사진량과 방 씨를 포함한 여섯 잡일꾼 중, 내당의 출입을 허가받은 것은 네 사람뿐이었다. 나머지 두 사람은 아쉬운 얼굴로 그 자리에서 돌아서야만 했다. 방 씨가 신원 보증을 선다고 했지만 내당 무인들에게는 통하지 않았다.

"미안하네. 철혈가가 워낙에 내당 출입에는 까다로워서 그런 거니 이해해 주게나. 내 다음에 짭짤한 일거리가 생기면 자네들을 먼저 부를 테니 너무 아쉬워하지 말라고."

내당에 들어서지도 못하고 발걸음을 돌린 두 잡일꾼에게 방 씨는 위로의 말을 건넸다. 아쉬운 얼굴로 돌아선 두 사람을 뒤로한 채 사진량 일행은 이윽고 철혈가 내당에 진입했다.

내당 무인 하나가 일행을 공사 지부로 안내했다. 내당의 일꾼들이 기초 공사를 하고 있는 것이 보였다.

"너희는 앞으로 여기서 일을 하게 될 거다. 공사가 끝날 때까지는 계속 저쪽에서 먹고 자고 하면 된다. 혹시라도 공사 현장과 숙소에서 벗어날 생각은 절대 않는 게 좋을 거야. 무슨 낭패를 당할지 모르는 일이니 말이야."

일행을 안내해 온 내당 무사는 자못 위협적인 얼굴을 하고 조용히 경고했다. 다들 어깨를 흠칫 떨며 대답 대신 고개를 끄덕였다. 다들 내당 무사의 위압감에 압도된 것이다.

물론 사진량은 그런 척 시늉만 했다. 누가 봐도 순박해 뵈지만, 덩치에 비해 타고난 신력이 강한 촌부(村夫)를 완벽하게 연기하기 위함이었다.

내당 무인은 방 씨를 비롯한 잡일꾼들의 반응을 확인한 후에야 천천히 돌아섰다. 멀어져 가는 내당 무인의 모습을 가만히 지켜보던 방 씨는 이내 안도의 한숨을 푹 내쉬며 말했다.

"다들 방금 한 말을 꼭 기억해야 하네. 허락 없이 함부로 내당을 어슬렁거리다가 칼침을 맞고 싶지 않으면 말일세."

전에 없이 진지한 얼굴을 한 방 씨의 말에 다들 침을 꼴깍 삼키며 고개를 끄덕였다. 방 씨까지 다시 한 번 신신당부하는 것을 보니 정말로 자칫하다간 목숨이 달아날지도 모르는 일이었다. 다른 일에 비해 보수가 많지 않았다면 지금 당장에라도 돌아가 버리고 싶은 생각이 들 정도였다.

다들 긴장한 얼굴을 하고 있자 방 씨는 피식 미소를 지으며 말을 이었다.

"공사 현장이랑 숙소에만 있으면 아무 일 없을 테니 너무 그렇게 긴장하진 말게나. 그리고 열흘에 한 번은 밖으로 나가 쉴 수도 있으니 그리 답답하지는 않을 걸세."

그나마 다행이었다. 밖으로 나가지도 못하고 한 달이 넘도록 한자리에 갇혀 있는 것은 웬만해서는 버티기 힘들 터였으니. 잡일꾼들은 저마다 나직이 안도의 한숨을 내쉬었다.

"거기! 다들 뭣을 하는 게야! 오늘 새로 왔으면 바로 일을 시작해야 할 거 아닌가!"

현장 감독으로 보이는 중년 사내가 방 씨 일행을 쳐다보며 버럭 소리쳤다. 방 씨가 반가워하는 얼굴로 현장 감독에게 다가갔다.

"어이, 종 씨! 그동안 어딜 갔나 했더니 여기 있었구만. 이런 좋은 벌이가 있으면 나한테도 미리 알려줬어야지. 섭섭하게시리. 여하튼 나도 오늘부터 여기서 일하기로 했으니 잘 부탁하네."

그날 밤.

사진량은 저녁 식사를 마친 후, 숙소로 돌아와 자리에 누워 다들 깊이 잠들 때까지 가만히 기다렸다. 낮에 워낙 강행군을 한 탓에 금세 하나둘 코를 골며 잠에 빠져들기 시작했다. 반 시진쯤 지나자 일꾼들은 모두 깊이 잠들었다.

스륵!

사진량은 소리가 나지 않도록 주의를 기울이며 조용히 일어났다. 숙소 주위를 오가는 순찰 무인들의 기척이 다수 느껴졌다.

하지만 사진량은 아랑곳하지 않고 조용히 숙소 밖으로 나왔다. 내공을 끌어 올리며 은신술을 펼치자 사진량의 모습은 주위의 건물 그림자 사이로 사라져 버렸다.

"여! 아무 이상 없나?"

"이상 없습니다. 개미 새끼 한 마리도 지나가지 않았습니다."

"좋아. 다음 교대 시간까지 계속 수고하도록!"

"예!"

순찰을 도는 상급 무인과 경계 근무를 서는 하급 무인이 나누는 대화가 사진량의 귓가에 들려왔다. 사진량은 은신술을 거두지 않고 조용히 두 사람 사이를 스쳐 지나쳤다.

휘잉!

미풍이 불어 두 사람의 머리칼을 흩날렸다. 하지만 그럼에도 두 사람은 사진량의 모습을 전혀 보지 못했다.

잠영은신(潛影隱身).

손바닥보다 작은 그림자라도 있으면 그 안에 몸을 숨길 수 있는 은신술로 원래는 마공의 일종이었지만, 사진량의 특유의 내공으로 마공의 잔재는 조금도 남아 있지 않았다. 마공으로서 사용될 때에는 아주 미세한 마공의 흔적이 있었지만, 사진량이 사용하는 잠영은신은 아무런 흔적도 남지 않는 것이 그 특징이었다.

"뭐지? 바람인가?"

사진량이 스쳐 지나치며 생긴 미풍에 순찰 무인이 고개를 갸웃했다. 하지만 이내 대수롭지 않다는 얼굴로 걸음을 옮기기 시작했다.

사진량은 잠영은신을 펼친 채 내공을 끌어 올리며 감각을 넓게 퍼뜨렸다. 철혈가에 머물 수 있는 시간은 한 달이 넘게 있었지만, 최대한 빨리 조사를 끝내는 편이 좋을 것 같았다. 시간이 걸릴수록 자신이 남궁사혁에게 대역을 세운 것이 들킬 확률이 높아지기 때문이었다.

안 그래도 눈치 빠른 양지하는 이미 어느 정도 의심하고 있는 것 같았다. 확실히 꼬리를 밟히기 전에 철혈가의 일을 마무리하고 일단 천뢰일가로 돌아가려는 생각을 하고 있는 사진량이었다. 어차피 인피면구가 있으니 언제든 대역을 세우고 밖으로 나올 수 있는 일이었으니.

'아무래도 저쪽 건물에서 느껴지는 기운이 좀 수상하군그래.'

무어라 딱 잡아 설명할 수는 없었지만 기묘한 느낌이 드는 전각 하나가 눈에 들어왔다. 오십여 장 떨어져 있는 후미진 곳에 위치한 건물이었다.

사진량은 망설임 없이 곧장 그곳을 향해 걸음을 옮겨갔다.

빠른 속도로 움직일 수는 없었다. 잠영은신이 최상급 수준의 은신술이기는 하지만 속도를 높인다면 무공이 뛰어난 고수에게 들킬 가능성이 있기 때문이었다.

사진량은 걷는 것보다 조금은 빠른 속도로 수상쩍은 전각을 향해 다가갔다.

삼십이영(三十二影)은 여느 때처럼 조용히 철혈가주 곡상천과의 만남을 위해 은신술을 펼친 채 철혈가 내당을 질주하고 있었다. 딱히 무슨 볼일이 있는 것은 아니었지만 자주 얼굴을 비추고 곡상천의 비위를 맞춰줘야 했다. 내키지 않는 일이었지만 대업을 위해서는 꼭 필요한 일이었다.

'그래도 그걸 다 복용했다면 조만간 본 야를 위해 제대로 이용해 먹을 수 있을 테지, 후후후.'

싸늘한 음소를 지으며 삼십이영은 은신술을 펼친 채, 초상비(草上飛)의 수법으로 전각의 기와를 밟으며 가주전을 향해 몸을 날렸다. 그러다 문득 이상한 기분이 들어 그 자리에 걸음을 멈췄다.

'뭐지?'

어쩐지 몸속을 벌레가 기어 다니는 듯, 기분 나쁜 느낌이 들었다. 삼십이영은 저도 모르게 인상을 찌푸리며 주위를 둘러보았다. 이선에 다녀갔을 때와 달라진 것은 없었다. 그저 내당의 한쪽 구석에 새 전각을 짓고 있는 것 말고는.

날카로운 눈빛으로 사방을 둘러보았지만, 기분 나쁜 느낌이 든 이유를 알 수 없었다. 어쩐지 불길한 예감이 들었다. 삼십이영은 그 자리에서 한참이나 주위를 두리번거리다 조용히 가주전을 향해 움직이기 시작했다.

'이 느낌… 마기인가?'

사진량은 피부로 와 닿는 희미한 마기에 걸음을 멈췄다. 넓게 드리운 처마의 그림자에 몸을 숨긴 채 사진량은 가만히 주위를 살폈다.

착각이 아니었다. 분명 극히 희미하긴 하지만 마기를 뿜어내는 자가 철혈가 내당으로 다가오고 있었다. 사진량은 좀 더 내공을 끌어 올려 감각을 더욱 넓게 퍼뜨렸다. 눈을 감는 편이 감각을 예리하게 끌어 올리는 데 도움이 되는 터라 사진량은 조용히 두 눈을 감았다.

'저쪽이로군.'

이내 번쩍 눈을 뜬 사진량의 시선은 내당 전각 중 하나의 지붕 쪽으로 향해 있었다. 제대로 된 형체가 보이진 않았지만 무언가 아지랑이 피듯 일렁이는 움직임이 보였다.

사진량은 그대로 훌쩍 뛰어올랐다. 아지랑이 같은 반투명한 형체는 빠른 속도로 내당의 중심에 있는 가주전으로 이동하고 있었다. 눈으로 형체가 완전히 보이지 않는 것으로 보아 은신술을 사용하고 있는 것 같았다. 자신이 느낀 극히 희미한 마기는 상대가 마도의 잠영은신을 사용하고 있다는 뜻이었다.

사진량의 눈빛이 반짝였다.

조금 전까지 가려던 전각보다 이쪽이 훨씬 중요한 정보를 얻을 수 있을 것이다. 사진량은 이내 조용히 아지랑이 형체의 뒤를 따르기 시작했다. 누구도 눈치채지 못할 만큼 극한의 은신술을 펼친 은밀한 추적이었다.

"크, 크크크! 온몸에 힘이 넘치는군. 큰맘 먹고 한꺼번에 복용하길 잘한 것 같아!"

곡상천은 만족스러운 미소를 지으며 내공을 크게 일주천했다.

이전과는 비교도 할 수 없을 정도로 강한 내공이 온몸을 빠르게 맴돌았다. 거대한 기의 바다[氣海]가 느껴졌다. 사진량에게 금제를 당하기 전에 비해 거의 일 갑자 이상의 내공이는 것 같았다. 자신의 내공을 시험하고 싶은 충동이 들었다.

하지만 아무래도 지금 당장은 무리였다. 새로 짓는 전각이 완성되면 그 지하에 있을 폐관수련장에서 혈천강시를 상대로 시험해 볼 생각이었다. 금강불괴에 가깝다는 혈천강시가 상대라면 마음껏 무공을 사용해도 부담이 없을 것 같았다. 자신이 전력을 다해 상대할 수 있는 자가 이 부근에는 아무도 없으니 혈천강시는 적당한 상대라고 할 수 있었다.

곡상천은 주먹을 살짝 그러쥐었다. 절로 내공이 일어 주위에 있는 탁자나 가구 등이 흔들렸다. 뿜어져 나오는 내공의 압박이 주위를 뒤흔들고 있었다.

문득 곡상천은 빠른 속도로 다가오는 희미한 기척을 느끼고는 천천히 내공을 갈무리했다. 진동하던 가구의 움직임이 이내 멎었다

"오늘은 또 무슨 일이지?"

곡상천이 조용히 물었다. 열린 창으로 미풍이 불어오는가 싶더니 어둠 속에서 기괴한 음성이 조용히 들려왔다.

"철혈가주를 뵙습니다. 별다른 일이 있어 찾아뵌 것은… 아니, 그새 내공이 상당히 느셨군요. 제가 드린 선물을 복용하신 모양입니다."

"크크, 냄새가 고약해 삼키기가 상당히 힘들더군."

"몸에 좋은 약이 먹기에 쓴 법이라고 하지 않습니까? 여하튼 감축드립니다, 가주."

"덕분이다, 크크. 이로써 우리의 협력 관계를 좀 더 공고히 다질 수 있겠군. 하지만 잊어선 안 된다. 우리의 관계는 양가의 핏줄을 지우고 내가 천뢰일가를 차지하는 것까지라는 것을 말이다."

"여부가 있겠습니까? 그것은 저희도 바라 마지않는 일입니다. 가주께서 목적을 이루실 때까지 물심양면으로 도움을 드릴 것입니다."

어둠 속의 음성은 기괴하긴 해도 곡상천의 마음에 쏙 드는

말만 골라 했다. 곡상천은 만족스러운 미소를 지으며 고개를 끄덕였다.

"좋다. 그것만 잊지 않는다면 나로서도 더 이상 바랄 것이 없지, 크크크크."

"그나저나 최근에 아무 일도 없었습니까?"

"무슨 일 말이냐?"

"그것이… 아무것도 아닙니다. 그저 새 건물을 짓는 것을 보고 말씀을 드린 겁니다."

잠시 말꼬리를 흐린 어둠 속 인영은 이내 아무 일 아니라는 듯 대답했다. 곡상천은 고개를 돌려 목소리가 들려온 어둠 속을 가만히 쏘아보았다.

"흐음, 그런가……?"

나직이 중얼거리던 곡상천은 시선을 돌렸다. 어둠 속 인영은 조용히 작별의 말을 남기고는 기척을 완전히 지워 버렸다.

"그럼 다음에 또 뵙겠습니다, 가주."

사진량은 가장 높은 전각의 지붕 위에서 가만히 가주전을 내려다보았다. 철혈가의 가주인 곡상천의 모습이 열린 창틈으로 보였다.

음유한 기척의 뒤를 쫓다 가주전에 닿은 사진량은 더 이상 접근을 하지 않고 걸음을 멈춰야 했다. 곡상천에게서 퍼져 나오는 강맹한 기운 때문이었다.

은신술을 펼치고 있었지만 곡상천의 기파에 가까이 다가가면 금방 들킬 것 같았다. 의외였다. 곡상천은 분명 자신이 내공의 금제를 걸어두지 않았던가. 그런데 어떻게 이전보다 훨씬 강한 내공을 지니게 된 것인가.

알 수 없는 일이었다.

하지만 자신이 쫓던 마기의 주인과 관련이 있을 거라는 확신이 들었다. 사진량은 어둠 속에 완전히 모습을 숨긴 채 그 자리에서 가주전을 내려다보았다. 누군가 열린 창을 통해 곡상천이 있는 방으로 들어가는 것이 보였다. 자신이 쫓던 희미한 마기의 주인이었다.

사진량의 눈빛이 날카롭게 번뜩였다.

'지금 덮치는 것이 좋을까?'

잠깐의 고민.

하지만 이내 사진량은 고개를 내저었다. 바로 나서는 것보다 볼일을 마친 마기의 주인을 쫓아 근거지를 찾아내는 것이 더 나을 것이다.

금세 결정을 내린 사진량은 그 자리에서 가만히 가주전의 움직임에 온 신경을 기울였다.

얼마 지나지 않아, 곡상천과 대면한 마기의 주인은 은신술을 펼친 채 가주전을 나섰다. 그 자리에서 망부석이 된 듯 꼼짝도 하지 않던 사진량이 천천히 그 뒤를 쫓기 시작했다.

'뭐지, 지금 이 느낌……?'

철혈가의 내당을 지나 외당의 외곽에 닿을 때 즈음에야 삼십이영은 왠지 모를 불길함에 걸음을 멈췄다. 분명 자신이 곡상천을 만나러 가던 중에 느낀 기분 나쁜 감각이 또 느껴진 탓이었다. 아니, 이번에는 조금 더 뚜렷하게 느껴졌다.

멈춰 선 삼십이영이 날카로운 눈빛으로 주위를 훑었다.

깊이 잠든 거리에는 아무런 인기척도 없었다. 하지만 착각이 아니었다. 삼십이영은 내공을 끌어 올려 오감을 예민하게 가다듬었다. 하지만 여전히 아무것도 보이지 않았다. 그저 기분 나쁜 느낌만이 계속 들 뿐이었다.

지금껏 철혈가를 수십 번 넘게 드나드는 동안 한 번도 이런 일은 없었다. 그 자리에 선 채로 한참이나 주위를 샅샅이 살피던 삼십이영은 별다른 이상한 것을 찾지 못하고 이내 돌아서서 다시 걸음을 옮기기 시작했다.

하지만 아무래도 기분 나쁜 느낌이 가시지 않았다. 불길한 예감이 들었다. 삼십이영은 원래 가려던 은신처 방향이 아닌, 다른 곳을 향해 짙은 어둠을 뚫고 쏜살처럼 뻗어나갔다.

사진량은 최대한 기척을 지우며 어둠을 질주하는 흑의 인영의 뒤를 쫓았다. 잠영은신을 최대한 펼치고 있었지만 상대를 놓치지 않으려면 속도를 높여야 했다.

'이런! 설마 눈치챈 건가?'

십여 장 정도의 거리를 두고 뒤를 쫓고 있던 사진량은 상대가 갑자기 걸음을 멈추자 그 자리에서 멈춰 섰다. 그러곤 기척을 완전히 지워 버리고 상대를 가만히 주시했다.

상대는 한참이나 날카로운 눈빛으로 주위를 두리번거렸다. 하지만 이미 완전히 기척을 숨긴 사진량을 알아채지는 못했다.

다시 상대가 이동을 시작하자 사진량은 조심스레 다시 뒤를 쫓기 시작했다. 흑의 인영은 철혈가 외당을 완전히 빠져나온 후에도 한참을 내달렸다.

그런데 어쩐지 이상한 기색이었다. 어딘가 목적지가 있는 것이 아니라 그냥 무작정 움직이고 있는 것 같았다. 사진량은 살짝 아랫입술을 깨물었다.

'눈치챘군, 젠장.'

사진량은 저도 모르게 낮게 혀를 찼다. 하지만 굳이 먼저 몸을 드러내지 않았다. 만에 하나라도 자신의 추측이 틀렸을 가능성이 있기 때문이었다. 한참을 그렇게 달려 나가던 흑의 인영은 인적이 없는 산기슭의 공터에서 걸음을 멈췄다.

"누군지 모르겠지만 모습을 드러내는 게 좋을 거다."

음울한 느낌이 드는 거친 음성이 조용히 흘러나와 어둠을 뒤흔들었다. 조용히 뒤를 좇던 사진량은 걸음을 멈췄다. 약 이십여 장의 거리를 두고 멈춰 선 사진량은 천천히 흑의 인영을 향해 걸어갔다. 아직은 잠영은신을 풀지 않은 상태라 사진량의 모습은 어둠에 가려져 전혀 보이지 않았다.

흑의 인영, 삼십이영은 가만히 사진량이 다가오는 방향을 쳐다보았다. 바스락거리는 소리가 천천히 다가오는 것이 들렸다. 하지만 눈앞에는 아무것도 보이지 않았다. 그저 어둠만이 가득할 뿐이었다.

삼십이영은 그 자리에 멈춰 선 채 내공을 끌어 올렸다.

슈르르륵!

기괴한 파공성과 함께 어둠이 삼십이영을 중심으로 소용돌이치듯 몸속으로 빨려 들어갔다. 사진량의 눈썹이 살짝 꿈틀했다. 다시 무림에 나선 이후에 본 마인들 중 가장 강한 마공이었다.

사진량은 인피면구를 벗어 품속에 고이 갈무리했다. 혹시나 싸우는 도중에 인피면구가 상할 수도 있기 때문이었다. 인피면구를 품속 깊이 갈무리한 사진량은 그대로 잠영은신을 풀었다.

삼십이영과의 거리는 약 오 장.

사진량의 모습이 어둠 속에서 갑자기 훅, 하고 드러났다.

삼십이영은 전혀 놀라지 않고 날카로운 눈빛으로 가만히 사진량을 쏘아보았다.

담담한 얼굴로 삼십이영과 마주한 사진량에게서는 별다른 기운이 느껴지지 않았다. 하지만 무언가 불길한 예감이 들었다. 삼십이영은 더욱 내공을 끌어 올리며 입을 열었다.

"누가 쥐새끼처럼 졸졸 쫓아오나 했더니… 네놈은 뭐냐?"

딱히 대답을 기대하고 던진 질문은 아니었다. 상대가 잠시 멈칫하기만을 바랐을 뿐. 말을 끝내자마자 삼십이영은 그대로 사진량을 향해 몸을 날렸다.

타탓!

불길하기 짝이 없는 시커먼 기운을 뿜어내며 순식간에 거리를 좁혀오는 삼십이영의 모습에도 사진량은 눈 하나 깜짝하지 않았다. 그저 살짝 반보 뒤로 물러나며 조용히 중얼거렸다.

"질문을 해놓고 대답을 듣지도 않다니. 사람을 대하는 예의가 없는 자로군."

동시에 오른손 검지를 펼쳐 가볍게 검결지를 뻗어냈다. 순간 삼십이영은 자신의 몸이 단숨에 수십 조각으로 갈가리 찢기는 것 같은 감각에 다급히 허리를 뒤틀며 사진량에게서 벗어났다. 사진량의 검결지가 바로 조금 전까지 삼십이영이 있던 허공을 베었다.

스카칵!

섬뜩한 파공성이 터져 나왔다. 삼십이영은 본능적인 위기감에 다시 뒤로 물러났다.

그때였다. 삼십이영의 올려 묶은 머리칼이 산산이 흩어졌다. 피했다고 생각한 사진량의 검결지가 삼십이영의 머리칼을 베어버린 것이다.

찰나의 순간이었다.

분명 위기감을 느끼고 검결지가 닿기 전에 몸을 빼낸 삼십이영이었다. 그런데 머리칼이 잘려 나갔다. 삼십이영은 그것을 조금도 눈치채지 못했다. 눈앞의 상대, 사진량이 자신과는 비교도 할 수 없을 정도로 강한 자라는 것을 온몸으로 느낄 수 있었다.

등줄기를 타고 찌릿한 소름이 흘렀다. 모골이 송연해졌다. 어느새 이마에 식은땀이 맺혀 있었다. 사진량이 제대로 마음만 먹었다면 아마 자신은 이미 온몸이 조각난 채 절명해 버렸을 것이다.

지금껏 자신의 주군 말고 이렇게 공포를 느끼게 한 자가 있었던가.

문득 사진량의 모습이 어디선가 본 적이 있는 것 같은 기분이 들었다. 그리고 이내 깨달을 수 있었다. 직접 본 것이 아니다. 용모파기를 통해 여러 번 보아온 탓에 익숙해진 얼굴이었다.

사진량의 정체를 깨달은 순간, 삼십이영의 얼굴이 하얗게 질려갔다.

"서, 설마……! 천뢰일가의 가주가 어, 어째서 이런 곳에……!"

"나를 잘 알고 있는 눈치로군. 난 그쪽이 누군지 모르는데 말이야."

갑작스레 바로 옆에서 들려오는 사진량은 음성에 삼십이영은 흠칫 어깨를 떨었다. 사진량이 가까이 다가오는 것을 전혀 눈치채지 못했다.

삼십이영의 눈이 경악으로 물들었다. 동시에 날카로운 검결지가 옆구리를 찔러왔다. 도저히 피할 수 없는 공격에 삼십이영은 질끈 이를 악물었다.

스카칵!

섬뜩한 파공성과 함께 삼십이영의 온몸의 근육과 혈도가 갈가리 찢겨 나갔다. 사진량의 검결지에서 뻗어 나온 수십 다발의 예기가 삼십이영의 몸을 예리하게 난도질했다.

"큭!"

고통에 익숙한 삼십이영의 입에서 절로 신음이 터져 나왔다. 온몸의 힘줄과 혈맥이 파열된 삼십이영은 그대로 풀썩 쓰러졌다. 손가락 하나 까딱할 수 없었다. 숨을 들이쉬고 내쉬기만 해도 온몸이 찢어져 나갈 듯 엄청난 통증이 밀려왔다. 살아 있다는 것이 신기할 지경이었다.

"이제야 조용히 얘기를 나눌 수 있겠군그래."

검결지를 거둔 사진량이 자신의 발아래에 쓰러진 삼십이영의 모습을 내려다보며 조용히 중얼거렸다.

온몸이 피투성이가 된 삼십이영은 억지로 눈알을 굴려 사진량을 쳐다보았다. 삼십이영이 눈을 마주치자 순간 사진량의 눈빛이 달라졌다. 무언가에 홀리기라도 한 듯 삼십이영의 눈에서 초점이 사라지고 멍한 얼굴이 되어갔다.

가만히 삼십이영을 지켜보던 사진량의 입술이 천천히 벌어졌다.

"좋아… 네놈은 대체 누구이고 지금껏 네놈들이 철혈가에서 무슨 일을 꾸몄는지 낱낱이 이야기해라."

"나, 나는 사, 삼십이영이다."

허연 눈자위를 드러낸 채 입가에 침까지 흘리던 삼십이영이 천천히 입을 열기 시작했다. 혹시나 싶어 사진량은 손을 뻗어 삼십이영의 완맥을 틀어쥐었다. 이전처럼 금제가 가해져 있을 경우를 대비하기 위함이었다.

하지만.

"흐, 흑야……!"

두두둑! 두두두둑!

삼십이영이 흑야의 이름을 내뱉은 순간, 무언가 터져 나갈 것 같은 강맹한 기운이 느껴졌다. 사진량은 다급히 완맥을 통해 자신의 내공을 주입했다. 금제로 인해 폭발하는 기운과 사진량의 내공이 부딪쳐, 삼십이영의 몸이 금방이라도 터져 나갈 듯 크게 부풀어 올랐다.

사진량의 낭패라는 얼굴로 내공을 더욱 끌어 올렸다. 생각보다 금제의 기운이 너무 강했다. 보통의 마공이었다면 사진량의 내공으로 지워 버릴 수 있었겠지만 금제는 달랐다.

흑야의 마공을 기원으로 하고 있지만, 알 수 없는 약재와 최면 등이 혼합되어 사진량으로서도 쉽사리 제어할 수 없는 것이었다. 사진량은 아랫입술을 살짝 깨물었다. 삼십이영의 몸은 본래의 두 배 이상으로 부풀어 올랐다.

"그, 그워어어……!"

지독한 통증으로 인한 신음조차도 제대로 나오지 않았다. 흰자위를 드러낸 눈에 실핏줄이 터져 핏발이 섰다. 점점 붉게 물들어가던 안구가 압력을 이기지 못하고 터져 나갔다.

사진량은 혀를 차며 내공을 거뒀다. 하지만 삼십이영의 몸은 계속해서 부풀어 올랐다. 본래의 세 배는 넘게 부풀어 오른 삼십이영의 몸은 그대로 가죽 북이 터지는 소리와 함께 폭발했다.

퍼엉!

사방으로 조각난 살점과 핏물이 튀었다. 폭발하기 전에 이미 뒤로 물러난 사진량은 자신에게 튀는 파편들을 손을 휘저어 막았다.

칙! 치지직!

사방에 튄 핏물이 바닥에 닿자 시커먼 연기를 뿜어내며 흙이 녹아내렸다. 살점도 마찬가지였다. 피투성이가 된 살 조각이 바닥에 닿자 검은 연기를 뿜어내기 시작했다.

사진량의 얼굴이 저절로 일그러졌다. 삼십이영의 잔해가 뿜어내는 검은 연기가 주위에 퍼져 나가자 멀쩡한 나무가 비쩍 말라 스러지고, 땅이 검게 죽어갔다.

독인(毒人).

피 한 방울, 살점 한 조각마저도 모두 독으로 이루어져 있다는 독인의 최후였다. 생강시를 만드는 것만큼 비인간적이고 기괴한 술법을 동원해 만들어지는 독인은 본래 독으로 유명한 사천당문에서 시작된 것이었다. 하지만 너무도 비인간적인 세조 과정 때문에 당문에서조차 금지된 독인의 제조였다. 거기에 마도의 금제 술법까지 더해졌으니, 그 지독함은 이루 말할 수 없었다.

순식간에 반경 이 장 범위의 땅이 시커멓게 변해 죽어갔다. 코끝을 괴롭히는 지독한 악취는 덤이었다.

사진량은 손을 들어 소매로 코를 막으며 저도 모르게 인상을 찌푸렸다. 아주 짧은 순간 약간의 검은 기체를 흡입하기는 했지만 몸에 큰 이상은 없었다. 미리 내공을 끌어 올려둔 탓에 독 기운은 사진량의 몸을 조금도 침범하지 못했다. 사진량은 주위를 뒤덮은 검은 연기가 완전히 흩어질 때까지 기다렸다.

검은 연기는 흩어졌지만 검게 죽은 땅에서는 불길한 기운이 느껴졌다. 그것을 가만히 내려다보며 사진량이 나직이 중얼거렸다.

"이대로 내버려 뒀다간 큰일 나겠군."

인적이 드문 산기슭이긴 했지만 땔감을 주우러 오는 사람이 있을 수도 있었다. 잠시 고민하던 사진량은 두 손에 내공을 끌어 올려 검게 죽은 땅을 파기 시작했다.

파파파팍!

삽 하나 없는 맨손이었지만 사진량은 순식간에 삼 장 정도의 깊이를 파고 들어갔다. 구덩이 한쪽에 흙더미가 가득했다.

일 장 정도 더 파고 들어간 사진량은 그대로 뛰어올라 구덩이 밖으로 나왔다. 그러곤 한쪽에 쌓여 있는 검게 죽은 흙을 구덩이 안으로 밀어 넣었다. 사진량은 구덩이 안쪽 깊이 죽은 흙을 넣고 그 위에 자신이 파놓은 흙으로 완전히 덮어버렸다.

구덩이를 깊이 파둔 덕에 그나마 검게 죽은 흙의 기운이 밖으로 새어 나오지 않았다. 구덩이를 단단하게 메운 후에, 사진량은 주위의 지기(地氣)를 내공으로 자극해 활성화시켰다. 이대로 시간만 지나면 죽은 흙의 기운은 활성화된 지기에 휩쓸려 사라질 것이다. 몇 달은 시간이 걸리긴 하겠지만.

"후우, 이제 돌아가야겠군."

나직이 한숨을 내쉬며 사진량은 천천히 돌아섰다. 삼십이영이 죽어버린 탓에 증인을 잃었지만 철혈가가 마도와 내통하고 있다는 것을 확실히 알게 된 사진량이었다.

하지만 당분간은 계속해서 철혈가에 머물 수밖에 없었다. 좀 더 확실한 물증을 찾아야만 천뢰일가에서 공식적으로 나설 수 있을 것이니. 시간이 좀 더 걸리긴 하겠지만 시작부터 느낌이 나쁘지 않았다.

사진량은 잠영은신을 펼치며 곧장 철혈가의 내당을 향해 달려갔다.

덜컹!

조심스레 숙소의 문을 열었지만 아무래도 힘이 조금 들어간 모양이었다. 숙소 입구 근처에서 잠을 자고 있던 몇몇 일꾼이 잠결에 소리를 듣고 뒤척였다.

"으음, 뭐, 뭐여……?"

"잠깐 화장실 좀 다녀왔습니다."

익숙한 방 씨의 음성에 사진량은 뒷머리를 긁적이며 대꾸했다. 방 씨는 이불을 끌어 올려 덮으며 졸린 목소리로 말했다.

"이따 일찍 일어나야 하니까 자네도 좀 더 자라고. 음냐……."

그대로 다시 코를 골며 곯아떨어지는 방 씨의 모습에 사진량은 피식 미소를 지었다.

이내 사진량은 자신의 자리로 돌아가 조용히 드러누웠다. 가만히 눈을 감은 채 사진량은 조금 전의 일을 머릿속에 환기시켰다.

'일단 본가에 언질을 해두는 게 나으려나……?'

사진량은 이내 천뢰일가에 알리려는 생각을 지워 버렸다. 남궁사혁은 괜찮겠지만 장일소가 소식을 듣고 가만히 있을 것 같지 않았다. 빼도 박도 못할 확실한 물증을 얻기 전까지는 함부로 알리지 않는 것이 좋을 것 같았다.

결정을 내린 사진량은 이내 누운 채로 조용히 운기조식을 취하기 시작했다.

第七章

목간(木簡)을 해독하다

어쩐지 찌뿌드드한 기분이 들었다. 곡상천은 길게 기지개를 켜며 뻐근한 어깨를 문질렀다.

근래에 들어 이런 상태는 처음이었다. 날씨가 흐리긴 했지만 그렇다고 관절이 쑤실 나이는 아니었다. 내공이 급상승해 몸의 탄력이 더 좋아지고, 신진대사가 이십 대만큼 활발해진 곡상천이었다. 그런데 이상하게도 몸이 뻐근하고 살짝 졸음이 오는 것도 같았다.

"이상한 일이로군. 잠을 못 잔 것도 아닌데……."

곡상천은 고개를 좌우로 까딱이며 계속 어깨를 주물렀다.

아무래도 이대로 있는 것보다 운기조식을 취하는 게 나을 것 같았다.

곡상천은 그대로 가부좌를 취하고 침상에 앉았다. 천천히 내공을 끌어 올리며 그는 무아지경에 빠져들었다.

후우우우웅……!

낮은 진동과 함께 곡상천의 몸에서 핏빛 기운이 뿜어져 나오기 시작했다. 옆에 누가 있었다면 그 섬뜩함에 절로 어깨를 떨었을 만큼 음산한 기운이었다.

핏빛 기운이 퍼져 나가자 방 안의 기온이 뚝 떨어졌다. 탁자에 놓인 찻잔에 성에가 끼었다. 반쯤 남은 차의 표면에 살얼음이 얼기 시작했다.

쩍! 쩌적!

살얼음이 끼기 시작한 차는 순식간에 얼어붙어 갈라지기 시작했다. 방 안은 마치 북풍한설이 몰아치는 한겨울같이 차가웠다. 핏빛 기운이 뿜어내는 한기에 공기 속의 습기가 얼어붙어 마치 짙은 안개가 낀 듯했다.

슈르르륵!

핏빛 기운이 곡상천을 중심으로 천천히 소용돌이치기 시작했다. 주위 가득 얽혀 있던 성에와 얼음 조각들이 모조리 핏빛 기운에 빨려 들어갔다.

핏빛 기운의 소용돌이에 곡상천의 머리칼이 거칠게 흩날렸다. 이미 깊은 무아에 빠진 곡상천은 주위에서 벌어지는 일을 조금도 알아채지 못하고 있었다.

"후으읍!"

곡상천이 길게 숨을 들이쉰 순간, 주위를 맴돌던 핏빛 기운이 순식간에 콧속으로 빨려 들어갔다. 방 안을 가득 채운 한기도 함께 사라졌다.

이내 곡상천이 길게 숨을 내쉬며 천천히 눈을 떴다. 곡상천의 눈은 흰자위 전체가 검붉게 물들어 있었다.

짙은 혈광이 뿜어져 나오며 순간적으로 살기가 치솟았다. 누군가 가까이에 있었다면 단숨에 맨손으로 찢어 죽이고 싶은 충동이 밀려왔다.

"크, 크으으……."

뿜어져 나오는 혈광에 곡상천은 저도 모르게 낮은 신음을 흘리며 살짝 비틀거렸다. 하지만 이내 언제 그랬냐는 듯 검붉은 눈자위는 원래의 흰색으로 돌아왔고, 살기도 완전히 사라졌다.

"으음, 한결 나아진 것 같군."

곡상천은 조금 전 자신이 짙은 살기를 뿜어낸 것을 전혀 알지 못한 듯 나직이 중얼거렸다. 뻐근하고 졸리던 것이 사라지자 곡상천은 몸을 일으켜 천천히 밖으로 걸음을 옮겨갔다.

새로 짓고 있는 전각의 공사 현장으로 향한 곡상천은 가만히 작업 진행 상황을 살폈다.

"가주님을 뵙습니다!"

공사 현장을 감독하고 있던 내당 무인 하나가 곡상천을 발견하고는 그 자리에서 무릎을 꿇으며 소리쳤다. 근처에 있던 다른 내당 무인들도 일제히 무릎을 꿇었다.

곡상천은 만족스러운 미소를 지으며 가까이 있는 내당 무인에게 다가갔다.

"다들 수고가 많군그래. 공사는 어느 정도 진행되고 있나?"

곡상천의 질문에 현장 관리 내당 무인이 곧장 대답했다.

"현재 초석을 다지는 작업은 끝나고 기둥을 올리는 중입니다. 기둥만 올리면 나머지는 금방 끝날 겁니다, 가주님."

"지하의 폐관수련장은?"

"바닥과 벽에 청석을 깔고 있습니다. 천장에는 청성과 함께 야명주를 일 장 간격으로 박아 넣을 예정이고, 입구에는 이백 관이 넘는 철문으로 봉할 것입니다."

"사재는 충분히 준비해 두었겠지?"

"물론입니다, 가주. 예정대로라면 빠르면 한 달 이내에 팔 할 정도는 완성될 것입니다."

"좀 더 서둘러라. 필요한 만큼 일꾼을 새로 고용해도 좋다. 대신 일꾼의 출입 관리는 철저히 해야 할 것이다."

"명심하겠습니다!"

대답을 들은 곽상천은 그대로 천천히 돌아섰다. 몇 걸음 내딛던 곽상천은 문득 자신을 향한 시선을 느끼고는 그 자리에 멈춰 섰다.

고개를 돌리자 현장 지휘를 하고 있는 내당 무인들과 일꾼들이 보였다. 하지만 누구도 자신을 쳐다보고 있지 않았다. 일꾼들은 그저 묵묵히 땅을 파고 기둥을 세우고 있었다. 내당 무인들도 곽상천이 자리를 떠나자 작업 감독에 집중하고 있었다. 곽상천은 요즘 신경 쓸 것이 많아 예민해진 모양이라고 생각하며 다시 돌아섰다.

'내공의 질이 변했다? 어떻게 된 거지?'

사진량은 묵묵히 일을 하는 척하며 흘끗 곽상천을 쳐다보았다. 순간 곽상천이 자신의 시선을 느낀 듯 멈춰 서며 고개를 돌렸다.

사진량은 태연한 얼굴로 삽질을 계속했다. 가만히 공사 현장을 지켜보던 곽상천은 고개를 한 차례 갸웃하더니 이내 돌아서서 다시 걸음을 옮기기 시작했다.

"다들 이쪽 작업만 끝내고 잠깐 쉬자고!"

작업 반장의 역할을 하고 있는 방 씨가 소리치자 다들 반가워했다. 안 그래도 벌써 두 시진이 넘게 쉬지 않고 삽질에 각종 자재를 옮기고 있는 중이었다.

사진량은 이마의 땀을 닦아내는 시늉을 하며 히죽 미소를 지어 보였다. 그러면서도 머릿속에는 조금 전 느껴진 곡상천의 내공을 생각하고 있었다.

정공도, 그렇다고 마공도 아닌 기묘한 느낌을 주는 내공이었다. 며칠 전에 보았을 때와는 또 다른 느낌이었다. 게다가 며칠 사이에 내공이 더욱 강대해져 있었다.

'도대체 그 사이에 무슨 일이 있었던 거지?'

자신이 건 내공의 금제를 푼 것도 이상한 일이었지만, 고작 사나흘 사이에 내공이 반 갑자 이상 늘어난 것도 이상하기 짝이 없는 일이었다. 게다가 내공의 특성도 확 바뀌었으니 일반적인 무공의 상식으로는 도무지 이해할 수 없는 상황이었다.

"장 씨! 이것 좀 같이 옮기자고!"

삽질을 하고 있는 자신을 부르는 소리에 사진량이 고개를 돌렸다. 잘 다듬어진 커다란 돌기둥을 들고 낑낑거리며 공사 현장으로 다가오는 사람들이 보였다. 사진량은 삽을 내려놓고는 곧장 그쪽으로 달려갔다.

"지금 갑니다아!"

사진량이 다가가 손을 보태자 다들 한결 편해진 얼굴로 말했다.

"역시 장 씨가 장사라니까!"

"힘쓰는 일은 장 씨가 없으면 안 된다고 내가 몇 번을 말했는데. 안 그려?"

"그럼, 그럼! 세 사람 몫은 너끈히 해내는 게 장 씨 아녀."

저마다 자신을 칭찬하며 한마디씩 하는 모습에 사진량은 순박한 미소를 지으며 고개를 내저었다.

"과찬이십니다. 그냥 힘만 좀 있는 거지 다른 일은 아저씨들이 훨씬 나은걸요. 다른 일은 차차 배워갈 테니 부탁드립니다, 헤헤헷."

원래의 사진량이었다면 절대로 상상할 수 없는 모습이었다. 순박한 촌부의 연기를 누구도 의심하지 않게 완벽하게 해내는 사진량이었다. 사진량의 겸손한 모습에 다들 빙긋 미소를 지었다.

"자아! 이제 조금 쉬자고! 다들 아침부터 쉬지 않고 일하느라 수고했어!"

사진량과 다른 일꾼들이 돌기둥을 제자리에 옮겨놓은 순간, 방 씨가 크게 소리쳤다. 다들 기다렸다는 듯 삽이며 곡괭이를 내려놓으며 이마를 흠뻑 적신 땀을 닦아냈다.

때마침 숙소의 주방에서 시원한 물과 간단한 간식거리를 가져왔다. 저마다 둥글게 둘러앉은 일꾼들은 물을 마시고 간식거리를 나눠 먹었다.

일꾼들은 한참을 그렇게 땀을 식히며 두런두런 얘기를 나눴다. 사진량은 그 사이에서 이야기를 들으며 가만히 곡상천의 모습을 떠올리고 있었다.

곡상천이 금제를 푼 것은 마도의 도움, 혹은 내공 증진에 효과가 있는 영약을 복용한 것일 터. 만약 영약 때문이라면 적어도 반 갑자 이상의 내공을 증진시켜 주는 소림의 대환단이나 화산의 자소영단 수준의 영약일 것이다. 마도에서 제조된 영약이라면 곡상천의 내공의 질이 변한 것도 어느 정도는 이해할 수 있었다.

'아마도 몇 번에 거쳐서 영약을 복용해 금제를 풀고 내공을 증진시킨 것이겠지.'

그 밖의 가능성이라곤 사진량보다 최소한 너덧 배 이상의 내공을 지닌 이의 추궁과혈밖에 없었다. 하지만 그런 자가 현재의 무림에, 그것도 마도에 있었다면 이미 무림은 마도천하가 되었을 것이다. 결론은 마도의 영약에 의한 변화라는 결론을 내릴 수밖에 없었다.

며칠 전 자신의 손에 죽음에 이른 흑의 인영이 곡상천과 마도 흑야의 연결 고리임은 틀림없었다. 들키지 않고 좀 더 신중하게 좇았어야 했다.

절로 느껴지는 아쉬움에 사진량은 나직이 한숨을 내쉬었다.

"응? 무슨 걱정거리라도 있남, 장 씨? 왜 그리 한숨을 내쉬는겨?"

사진량의 맞은편에 앉은 방 씨가 사진량의 모습에 걱정스러워하는 얼굴로 물었다. 사진량은 피식 미소를 지으며 고개를 휘휘 내저었다.

"아무것도 아닙니다. 그냥 갑자기 옛날 생각이 나서 말이죠."

그러면서 사진량은 자못 어두워 보이는 표정을 지었다. 더 묻지 말라는 분위기를 팍팍 풍기는 사진량의 모습에 방 씨는 알겠다는 듯 고개를 끄덕였다. 간식으로 나온 떡 하나를 사진량에게 건네며 방 씨는 빙긋 미소를 지어 보였다.

"자자! 이제 대충 땀도 식혔으니 다시 시작해 보자고!"

사진량이 떡을 다 먹자, 벌떡 일어난 방 씨가 소리쳤다. 주위에 저마다 너덧 씩 무리 지어 앉아 있던 일꾼들이 주섬주섬 몸을 일으켰다. 어기적거리는 일꾼들의 모습에 방 씨가 다시 한 번 소리쳤다.

"오늘 일 끝나기 전에 바닥 기둥은 세워야 할 거 아녀! 다들 정신 바짝 차리자고!"

"예엡!"

방 씨의 재촉에 일꾼들은 저마다 맡은 위치로 분주히 몸을 움직이기 시작했다. 사진량도 뒤따라 일어나 돌기둥을 옮기는 일에 손을 보탰다.

*　　　　*　　　　*

"이, 이게 사실이라면……!"

양지하는 경악한 얼굴로 나직이 중얼거렸다. 안 그래도 핏기가 없는 새하얀 얼굴이 더욱 새하얗게 질려가고 있었다.

그녀의 앞에는 반쯤 부스러져 가는 목간과 그것을 해석한 종이가 놓여 있었다. 워낙에 오래된 고어로 쓰여 있는 터라 자료로 쓸 서적도 산더미처럼 쌓여 있었다. 종이 위에는 목간을 해독한 글씨가 빼곡하게 쓰여 있었고, 맨 마지막에는 붓을 떨어뜨린 탓에 검은 먹이 번져 있었다.

양지하는 이제는 새파랗게 질려가는 얼굴을 한 채 자신이 해독한 내용을 뚫어져라 쳐다보고 있었다. 한참을 그러고 있던 양지하는 떨리는 손으로 자료 서적을 다시 펼치고 목간의 글자와 비교를 하며 자신이 해독한 것이 틀리지는 않았는지 몇 번이고 확인했다.

결과는 달라지지 않았다. 달라지기는커녕 오히려 더욱 큰 확신을 주었다.

한참을 그 자리에 앉아 있던 양지하는 벌떡 일어났다. 하지만 순간적으로 현기증이 나 다시 그 자리에 풀썩 주저앉았다. 호흡이 거칠었다. 오랜만에 견딜 수 없는 지독한 통증이 심장 언저리에서 밀려왔다.

양지하는 질끈 이를 악물었다.

"으, 으음……!"

낮은 신음이 절로 흘러나왔다. 양지하는 그 자리에 주저앉은 채 한 손을 들어 통증이 느껴지는 심장 부위를 꽉 눌렀다. 앙다문 입술에만 핏기가 돌아 붉게 물들어 있었다.

양지하는 바르르 몸을 떨며 허리를 숙였다.

사진량—의 얼굴을 한 남궁사혁—에게 주기적으로 추궁과혈을 받은 덕에 발작으로 인한 통증이 많이 완화되어 가고 있었다. 하지만 정신적인 충격을 받은 탓인지 지금의 발작은 버티기 힘들 정도로 통증이 느껴졌다.

양지하는 제대로 앉아 있지도 못하고 바닥에 엎드려 웅크린 채 몸을 부들부들 떨었다. 이마는 순식간에 식은땀으로 흠뻑 젖어들었다. 통증과 함께 뼛속까지 한기가 스며들었다. 북풍한설(北風寒雪)에 맨몸으로 내던져진 듯 양지하는 심하게 몸을 떨었다.

오랜만의 발작은 일다경이 넘도록 계속되었다. 어느 샌가 꽉 깨문 입술 사이로 한 줄기 혈선이 그려졌다. 통증이 잦아들었지만 양지하는 그 자리에서 꼼짝도 하지 못했다. 아니, 전혀 움직일 수가 없었다.

몸에 힘이 들어가지 않았다. 손끝을 간신히 까딱거릴 수 있을 정도밖에는 힘이 남지 않았다. 그럴 때마다 지독한 통증이 밀려왔다.

양지하는 그 자리에서 그저 숨을 내쉬며 몸에 기운이 돌아오기를, 통증이 완전히 잦아들기를 기다렸다. 반각이 더 지난 후에야 양지하는 비틀거리며 힘겹게 몸을 일으킬 수 있었다.

몸을 일으킨 양지하는 그 자리에서 조금 더 힘이 돌아오기를 기다린 후에야 간신히 목간을 해독한 종이를 가지고 밖으로 걸음을 옮기기 시작했다. 아직 제대로 기운이 돌아오지 않아 비틀거리는 걸음이었지만 양지하는 최대한 서둘러 걸음을 내디뎠다.

"냉혈가 다음은 철혈가라니. 거참, 잘도 빨빨거리며 돌아다니는구만."

남궁사혁은 나직이 투덜거리며 사진량으로부터 온 서신을 탁자 위에 툭 내던졌다. 반쯤 유폐된 것이나 마찬가지인 자신과는 달리 마음껏 쏘다니는 사진량의 모습을 떠올리자 절로 불평이 터져 나왔다.

본래 어디에 얽매이지 않고 자유분방한 남궁사혁이었다. 그런데 본의 아니게 사진량의 대역을 맡아 천뢰일가를 벗어날 수 없게 되었으니 답답하기 짝이 없는 일이었다. 생각 같아선 인피면구를 확 벗어버리고 정체를 밝히고 싶었지만 천뢰일가가 대혼란에 빠질 게 뻔한 일이라 어쩔 수 없었다.

"그래도 이번에는 마도의 꼬리를 확실히 잡으실 것 같습니다. 조금만 더 버티시지요, 남궁 소협."

"쩝! 성과가 조금이라도 없었으면 당장에 찾아가 한 대 쥐팼을 겁니다. 하여간 망할 놈 같으니."

투덜거리며 남궁사혁은 자신의 앞에 놓인 찻잔을 집어 들었다.

남궁사혁이 마시기 좋게 적당히 식은 차를 한 모금 마셨을 때였다. 누군가 다가오는 기척이 느껴졌다.

양지하의 기척이었다. 그런데 이전과는 느낌이 달랐다. 지친 듯 비틀거리며 벽에 몸을 기대어 억지로 다가오고 있었다.

"아가씨께서 오시는군요. 그런데……."

뒤이어 양지하의 기척을 느낀 장일소가 말꼬리를 흐렸다. 양지하의 미약한 기척에 장일소의 낯빛이 어두워졌다. 남궁사혁도 마찬가지였다.

"최근엔 발작도 거의 없었는데 갑자기 왜……?"

거의 사나흘에 한 번씩 양지하에게 추궁과혈을 해준 남궁사혁이었다. 그 덕에 조금씩이지만 양지하의 혈색이 좋아지고 있었다. 발작의 주기도 길어지고 통증도 심하지 않아 어느 정도는 안심하고 있던 차에 양지하의 상태가 나빠진 것 같자 두 사람의 얼굴이 대번에 어두워졌다.

똑똑!

어느새 양지하의 기척이 가까워졌다. 문을 두드리는 소리가 들려왔다. 남궁사혁은 어두운 기색을 애써 감추며 사진량 특유의 무심한 말투로 말했다.

"들어와라."

천천히 문이 열리고 식은땀이 가득한 창백한 얼굴을 한 양지하가 비틀거리며 안으로 들어왔다. 금방이라도 쓰러질 것 같은 모습에 벌떡 일어난 장일소가 양지하를 부축했다. 남궁사혁도 반사적으로 일어나 가까이 다가가 왼손의 완맥을 쥐고는 내공을 주입했다.

"괘, 괜찮으십니까, 아가씨!"

"괜찮으냐?"

내공을 끌어 올리며 남궁사혁이 조용히 물었다.

따뜻한 기운이 완맥을 통해 부드럽게 밀려들어 오자 미세하게 떨리던 것이 잦아들었다. 아직까지 남아 있던 미약한 통증이 차츰 가시고, 호흡이 차분해졌다. 그리고 얼굴의 혈색이 조금씩 돌아오기 시작했다.

몸에 기운이 돌아오자 양지하는 길게 한숨을 내쉬며 고개를 끄덕였다.

"괘, 괜찮아요. 그보다……."

양지하는 자신을 부축하는 장일소의 손길을 벗어나 비틀

거리며 탁자에 다가가더니 목간을 해독한 종이를 펼쳐 놓았다. 급하게 챙겨 오느라 여기저기 구겨져 있기는 했지만 충분히 글자를 알아볼 수는 있었다.

양지하는 한결 나아진 얼굴로 조용히 말을 이었다.

"다들 이걸 좀 보시겠어요?"

양지하의 자못 진지한 말에 남궁사혁과 장일소의 시선이 절로 탁자 위의 종이로 향했다.

작은 글씨가 빼곡하게 쓰여 있었지만 두 사람은 빠른 속도로 종이에 쓰인 내용을 읽었다. 먼저 내용을 확인한 장일소의 얼굴이 굳었다.

"아가씨! 이, 이게 정말……!"

"사실이냐?"

뒤이어 남궁사혁이 물었다. 양지하는 가만히 고개를 끄덕이며 입을 열었다.

"얼마나 오래된 것인지 알 수 없는 목간에 쓰여 있는 고어를 해독한 거예요. 혹시나 싶어 세 번이나 더 확인해 봤고요. 해독이 잘못될 리는 절대로 없어요."

양지하의 단언에 두 사람은 할 말을 잃었다. 그만큼 종이에 쓰인 내용은 충격적인 것이었다.

멍하니 탁자 위의 종이를 내려다보던 남궁사혁이 한참 후에야 천천히 입을 열었다.

"이런 일이… 실제로 벌어질 수 있을 거라 생각하는 거냐?"

"모르죠. 하지만 저들은 그렇게 믿고 있으니 그런 일을 벌이고 있는 것 아니겠어요. 안 그런가요?"

"하긴, 그도 그렇군."

남궁사혁은 고개를 끄덕이며 나직이 중얼거렸다. 장일소가 전에 없이 굳은 얼굴로 입을 열었다.

"이대로 저희만 알고 있을 수는 없습니다. 지금 당장에라도 무림에 사실을 전해야 합니다."

남궁사혁과 양지하, 두 사람의 시선이 장일소에게로 향했다. 남궁사혁이 조용히 말했다.

"어떻게 전할 생각인가? 아니, 전한다 해도 그걸 과연 무림인들이 믿어주기나 할까?"

남궁사혁의 질문에 장일소는 말문이 막혔다. 사실 양지하의 단언이 아니었다면 장일소도 믿을 수 없는 일이었다. 아니, 사실 지금도 믿어지지 않았다.

용맥(龍脈)을 자극해 지기(地氣)를 폭발시켜 인위적으로 국지적인 자연재해를 만든다.

그것은 소림과 화산에서의 경험이 있는 터라 충분히 이해가 가능한 일이었다. 하지만 그 뒤에 이어진 내용은 도저히 믿을 수 없었다. 몇 번의 경험이 있는 자신도 그런데 무림인들이 과연 양지하가 알아낸 사실을 전한다 해도 믿어줄지는 의문이었다.

"그래도… 알리기는 해야 하지 않겠습니까? 본가에서 어떻게 할 수 있는 문제가 아니니……."

장일소는 말꼬리를 흐리며 조용히 중얼거렸다. 조금 전과는 달리 힘 빠진 자신 없는 말투였다.

장일소의 말이 옳았다. 천뢰일가가 중원 전역에 걸쳐 벌어지는 일에 도움을 줄 수는 없었다. 흑야를 막아서는 방벽인 천뢰일가가 힘을 분산시킬 수는 없는 노릇이었다. 그러니 실현 가능성이 있느냐 없느냐를 따질 수 있는 문제가 아니었다. 일말의 가능성이라도 있는 일이니 중원 무림에 알리고 이후의 대처를 맡기는 것이 옳았다.

"장노의 말이 옳다. 무림인들이 믿지 않는다고 해도 우선은 알리는 것이 좋겠군."

남궁사혁은 가만히 고개를 끄덕였다. 딱히 이렇다 할 방법이 없는 터라 양지하도 동의했다.

그 후로 한참 동안 세 사람은 신중히 정사맹에 전할 내용을 깔끔하게 정리했다. 세 사람은 목간의 내용과 출처 등을 함께 기록해 최대한 신뢰도를 높이려 했다. 물론 그런다고 해서 얼마나 믿어줄지는 의문이었지만.

그렇게 약 한 시진 반의 긴 회의 끝에 정사맹에 보낼 서신의 내용을 결정했다. 직접 서신을 작성한 것은 장일소였다.

장일소는 신중한 얼굴로 한 자, 한 자 조용히 써 내려갔다. 장일소가 서신을 모두 작성하자 남궁사혁과 양지하는 내용을 다시 한 번 검토하고는 천뢰일가의 공식 인장을 찍고, 가주의 결(決)을 했다. 다시 서신을 건네받은 장일소는 봉투에 서신을 넣고 조심스레 밀봉을 했다.

"그럼 서신은 제가 책임지고 정사맹으로 보내도록 하겠습니다."

서신을 품속에 조용히 갈무리한 장일소가 천천히 몸을 일으켰다. 종종걸음으로 장일소가 회의실 밖으로 나가자 남궁사혁은 가만히 양지하를 쳐다보았다.

"조금 전보다는 그나마 얼굴색이 나아졌구나. 그래도 혹시 모를 일이니 이리 가까이 와라."

남궁사혁은 가만히 내공을 끌어 올렸다. 양지하는 조용히 다가가 남궁사혁에게 등을 보인 채 앉았다. 남궁사혁이 손을 뻗어 양지하의 명문혈에 손바닥을 가져다 대었다.

남궁사혁은 아낌없이 양지하에게 내공을 주입했다.

우우웅!

낮은 진동음이 두 사람 사이를 채워갔다. 반쯤 눈을 감은 채 명문혈을 타고 들어온 내공에 의식을 맡긴 양지하의 입에서 절로 낮은 신음이 흘러나왔다.

"으, 으음……!"

반 시진 정도가 지난 후에야 남궁사혁은 조용히 한숨을 내쉬며 양지하의 명문혈에서 손을 떼어냈다. 내공을 아낌없이 쏟아부은 탓에 허탈감이 느껴졌다. 하지만 남궁사혁은 전혀 내색을 하지 않으며 조용히 입을 열었다.

"앞으로 하루에 한 번씩은 꼭 날 찾거라."

"……."

양지하는 별다른 대답 없이 고개를 돌려 가만히 남궁사혁을 쳐다보았다. 양지하와 눈을 마주친 남궁사혁은 말을 이었다.

"내일은 술시 초(오후 7시)에 여기로 오너라."

남궁사혁은 그대로 천천히 몸을 일으켜 회의실 밖으로 나섰다. 양지하는 그 자리에서 가만히 멀어져 가는 남궁사혁의 뒷모습을 쳐다보고 있을 뿐이었다.

'아무래도 다른 방도를 찾아야 할 것 같군.'

회의실을 나와 복도를 걸어가며 남궁사혁은 가만히 생각에 잠겼다. 양지하의 구음절맥, 그것은 천형이라 불릴 정도로 치료가 거의 불가능했다.

치료를 할 수 있는 방법이 있기는 했다. 하지만 그 방법이라는 것은 천운(天運)이 닿아야 가능한 것이었다. 그렇다고 아예 포기하고 있을 수는 없었다.

'개방주에게 도움을 청해야겠군.'

그렇게 결정을 내린 남궁사혁은 좀 더 빠른 걸음으로 복도를 빠져나가기 시작했다.

*　　　　*　　　　*

정사연합무맹 총단.

하루에도 수십여 마리의 전서구가 오가는 전신각(電信閣)의 무인들은 전 중원에서 날아드는 소식을 중요도에 따라 천(天), 지(地), 인(人)의 세 등급으로 나누고 있었다. 천급의 정보는 곧장 봉인되어 일차적으로 맹주인 관영효에게 전해지고, 이후 다른 수뇌부에도 순차적으로 전해진다. 천급 정보의 공개 여부와 이후 대처 방안은 수뇌부 회의를 통해 결정되고 정사맹 전체에 공표된다.

그렇다고는 하지만 천급으로 분류되는 정보는 그리 많지 않다. 지급이나 인급으로 분류되어 정사맹 전체에 알려지는 정보가 대부분이었다. 정사맹이 결성된 이후, 천급으로 분류된 정보는 채 열 가지를 넘지 않았다.

그리고 오늘 천급으로 분류된 정보가 오랜만에 날아들었다.

북방의 철벽, 천뢰일가에서 전해진 소식이었다. 얼핏 보기에 말도 안 되는 헛소리가 쓰여 있었지만, 천뢰일가의 공식 인장과 가주의 수결(手決)까지 되어 있는 것을 마냥 허튼소리로 취급할 수는 없는 노릇이었다.

전신각의 각주는 거의 두 시진에 가까운 고민 끝에 천뢰일가의 서신을 천급 정보로 분류했다. 분류가 끝나는 즉시 서신을 본 이들에게 함구령을 내린 전신각주는 자신이 직접 서신을 가지고 전신각을 나섰다.

"흐음… 이게 언제 도착한 서신이라고 했나?"

관영효는 나직이 한숨을 내쉬며 서신을 내려놓고 자신의 앞에 있는 전신각주를 쳐다보았다. 전신각주는 고개를 숙이며 대답했다.

"두 시진 전에 도착했습니다. 내용을 검토하고 정보 등급을 결정하는 데 시간이 걸린 탓에……."

전신각주는 말꼬리를 살짝 흐렸다. 사실 천뢰일가로부터 전해지는 소식이라면 내용이 어떠하든 천급으로 분류하는 것이 옳았다. 그만큼 마도와의 싸움에서 가장 많은 정보를 가지고 있는 것이 천뢰일가였다.

하지만 이번에는 조금 달랐다. 서신의 내용 자체가 황당하기 짝이 없었으니 고민의 시간이 길었던 것이다.

"그럴 만도 하군. 천뢰일가에서 이리도 황당한 소식을 전해오다니… 자네 생각은 어떤가?"

"천급 정보로 분류한 것이 제 대답이 될 것 같습니다, 맹주."

전신각주의 말에 관영효는 가만히 고개를 끄덕이며 말했다.

"그렇군. 이 건은 내가 알아서 처리할 테니 자네는 함구를 철저히 해야 할 걸세."

"명심하겠습니다, 맹주!"

대답과 함께 전신각주는 천천히 몸을 일으켰다. 밖으로 나가는 전신각주의 모습을 가만히 지켜보던 관영효는 이내 기척이 사라지자 나직이 한숨을 내쉬며 중얼거렸다.

"설마하니 기록이 아직까지 남아 있는 곳이 있을 줄이야. 전혀 예상하지 못한 일이로군. 대계(大計)를 위해서는 당분간 덮어두는 것이 좋겠지. 어쩔 수 없군그래."

중얼거리는 관영효의 입가에는 싸늘한 미소가 지어져 있었다.

흠칫!

왠지 모를 오한에 어깨를 움찔했다. 침상에 가부좌를 틀고 앉아 운기조식을 취하고 있던 사도맹주 막위운은 갑작스러운 오한에 번쩍 눈을 떴다. 무아지경에 빠져 운기조식을 취하는 와중에 이렇게 오한이 느껴진 것은 처음 있는 일이었다.

벌떡 일어난 막위운은 창을 열어 밖을 내다보았다. 평소와 다름없이 수많은 무인이 주위를 오가고 있었다.

"도대체 무슨……?"

도무지 알 수 없는 일이었다. 어쩐지 불길한 예감이 막위운의 머릿속을 스쳤다.

"밖에 아무도 없나?"

막위운은 저도 모르게 버럭 소리쳤다. 복도를 지나던 호위무사의 음성이 문밖에서 들려왔다. 사도맹을 결성하던 당시부터 함께하던 호위 무사의 목소리였다.

"부르셨습니까, 맹주?"

"지금 당장 본 맹에 무슨 특별한 변화가 없나 조사해 보도록 하게. 아무래도 무슨 일이 생긴 것 같은 예감이 드는군. 누구에게도 알려지지 않게 은밀히 조사를 진행해야 하네."

"존명!"

짧은 대답과 함께 호위 무사가 달려 나가는 기척이 느껴졌다. 막위운은 멀어져 가는 호위 무사의 기척이 사라질 때까지 그 자리에 가만히 선 채 나직이 한숨을 내쉬었다.

"하아… 부디 별일 아니어야 할 텐데……."

* * *

"끄아악!"

날카로운 비명이 주위를 뒤흔들었다. 전각 공사 현장에서 일을 하고 있던 일꾼들이 순간 멈칫했다. 어쩐지 삽을 쥔 손이 파르르 떨리고 있었다. 작업을 감시하고 있던 철혈가 무인이 버럭 소리쳤다.

"뭣들 하는 거냐! 어서 작업 계속하지 않고!"

날카로운 호통에 일꾼들은 저마다 어깨를 움찔 떨었다. 공사 현장의 분위기가 살벌했다. 함부로 허용된 공간을 이탈한 일꾼 몇몇이 철혈가 무인들의 손에 처참한 꼴로 죽어나간 것을 본 까닭이었다.

조금 전 들린 비명도 아마 자리를 함부로 비운 일꾼의 비명이었다. 혈기 왕성한 일꾼들이 한곳에 갇혀 지내다 보니 답답한 마음에 주위를 돌아다니다 발각되어 화를 당한 것이다.

그저 공사를 빨리 진행하기 위한 엄포로만 생각했던 것이 실질적인 위협으로 닥치자 일꾼들은 두려움에 빠져 손발이 어지러워졌다. 그 때문에 빠르게 진행되던 전각 공사에 조금씩 차질이 생기기 시작했다.

그것을 알고 철혈가 무인들은 공사 현장에서 일꾼들을 감시하는 데 그치지 않고, 아예 노예를 부리듯 일을 시키고 있었다.

고압적인 무인들의 태도에 일꾼들은 제대로 저항도 하지

못했다. 눈앞에서 동료가 죽어나가는 것을 본 마당에 저항을 할 생각을 할 수 있는 일꾼은 아무도 없었다. 그나마 방 씨가 나서서 독려한 덕에 일꾼들은 간신히 일을 시작할 수 있었다.

그렇다고 불안함이 완전히 가신 것은 아니었다. 한참을 일하는 와중에 일꾼 하나가 삽을 내던지며 버럭 소리쳤다.

"으, 으아아! 나, 난 더 이상 이런 곳에서 일 못 해! 못 한다고오!"

일꾼은 양손으로 머리를 쥐어뜯다가 그대로 후다닥 현장 밖으로 뛰쳐나갔다. 하지만 채 열 걸음도 벗어나기 전에 그 자리에 멈춰 서야 했다. 어느새 철혈가의 무인이 그의 앞을 막아선 까닭이었다.

스릉!

"돌아가라. 지금 돌아가면 용서해 주겠다."

낮은 금속성과 함께 검을 뽑아 든 철혈가 무인의 낮은 음성이 들려왔다. 내공이 실린 것이라 현장의 일꾼들에게까지 무인의 음성이 전해졌다. 절로 모골이 송연해질 정도로 섬뜩하기 짝이 없었다.

무인의 날카로운 눈빛에 오금이 저렸다. 하지만 벌벌 떨면서도 일꾼은 돌아가지 않았다.

"제, 제발 나가게 해주시오. 부, 부탁입니다!"

그 자리에 풀썩 무릎을 꿇고 주저앉은 일꾼은 눈물을 흘리며 엎드려 빌었다. 하지만 철혈가 무인은 눈 하나 깜짝하지 않았다.

"돌아가라."

"부디… 자, 자비를……!"

"돌아가라고 했다."

"제, 제발……!"

간절한 일꾼의 말에도 철혈가 무인은 전혀 미동도 없었다. 오히려 천천히 검을 들어 올렸을 뿐이었다.

햇빛이 검면에 반사되어 날카롭게 번쩍였다. 철혈가 무인은 금방이라도 검을 내려칠 것처럼 보였다. 살벌한 분위기에 마치 한겨울이라도 된 것처럼 주위가 싸늘해졌다.

"돌아가지 않는다면……."

말꼬리를 흐린 철혈가 무인이 검을 쥔 손에 힘을 줬다. 순간 방 씨가 다급히 달려들었다.

"부, 부디 자비를 베푸십쇼, 무사님! 이 친구는 제가 잘 얘기해서 설득하겠습니다."

막 내려치려던 철혈가 무인의 검이 방 씨의 눈앞에서 멈칫했다. 순간 검면에 반사된 빛에 저도 모르게 방 씨가 눈을 감았다.

철컥!

철혈가 무인이 납검하는 낮은 금속성이 들려왔다. 천천히 눈을 뜬 방 씨는 어느새 돌아선 철혈가 무인의 모습을 보고는 나직이 한숨을 내쉬었다.

방 씨는 이내 주저앉은 일꾼의 팔을 잡고 부축해 일으키며 말을 걸었다.

“이, 이보게, 정신 차리고 일어나게.”

“시, 싫습니다.”

“자네! 정말 죽고 싶은 겐가!”

눈물을 흘리며 고개를 내젓던 일꾼은 방 씨의 날카로운 일갈에 순간 멈칫했다. 이곳을 떠나고 싶은 것이지 죽고 싶은 것은 아니었다.

일꾼은 주룩 눈물을 흘리며 고개를 떨궜다. 방 씨는 일꾼을 부축해 일으킨 다음 천천히 현장으로 향했다. 일꾼은 거의 질질 끌려가면서도 별다른 반항을 하지 않았다.

공사 현장 구석으로 향한 방 씨는 일꾼에게 한참이나 조용히 말을 했다. 작업이 끝난 곳이라 다른 일꾼들은 거의 접근하지 않는 곳이었다.

“다들 뭣들 하는 건가! 어서 일을 계속하지 않고!”

살벌한 분위기에 일손을 멈추고 있던 일꾼들은 무인들의 날카로운 불호령에 움찔했다. 이내 몇몇 경험 많은 일꾼이 주위의 다른 일꾼들을 재촉하기 시작했다.

“다, 다들 서두르자고.”

"공사를 빨리 끝내야 나갈 수 있을 거야! 어서 일들 하라고!"

그제야 일꾼들은 주섬주섬 자신이 하던 일을 다시 하기 시작했다. 불상사가 생기기 전에 끼어들려 했던 사진량도 방 씨가 갑자기 달려들자 상황을 지켜보다가 속으로 나직이 안도의 한숨을 내쉬며 다시 삽질을 시작했다. 그렇게 한쪽 구석에서 이야기를 나누고 있는 방 씨를 빼고는 다시 모두들 작업을 계속했다.

"후우, 큰일 날 뻔했구먼."

방 씨는 안도의 한숨을 내쉬며 소면 그릇을 빠르게 비웠다. 하루 일과를 마친 일꾼들은 삼삼오오 식당으로 모였다. 저마다 너덧 명씩 탁자 하나를 차지한 일꾼들은 잡담을 하며 배를 채우고 있었다.

하지만 얼마 전처럼 활기찬 모습은 보이지 않았다. 식당 안에는 철혈가의 무인들이 없었지만 일꾼들은 이야기하는 것에 조심스레 눈치를 살폈다. 무인들의 귀는 보통 사람의 몇 배는 넘는다는 것을 어느 정도 알고 있는 탓이었다.

두런두런 오가는 일꾼들의 대화에는 불안함과 불평이 더해져 있었다. 거의 대부분의 이야기가 불평불만에, 두려움이 가득했다.

"도대체 그렇게 끼어들 용기가 어디서 생긴 건가? 난 나설 엄두도 못 내겠더만."

방 씨의 맞은편에 앉은 중년 사내는 고개를 절레절레 흔들며 물었다. 소면 국물을 훌훌 들이켜던 방 씨는 피식 미소를 지으며 그릇을 내려놓았다.

"난들 어디 용기가 있어서 그랬겠나? 그냥 저도 모르게 달려든 거지. 나도 그러고 나서 아차, 싶었다네."

"어이구! 이 친구 너스레 떠는 것 좀 보게. 하여튼 덕분에 눈앞에서 피 볼 일이 없었으니 다행이야. 그나저나 그 친구는 좀 어떤가?"

"누구 말이야?"

"자네가 죽기 직전에 구해준 그 친구 말이야!"

중년 사내의 질문에 방 씨는 조용히 대답했다.

"지금쯤 푹 자고 있을 게야. 아무래도 좀 쉬면서 마음을 다잡아야 할 것 같아서 내일 하루는 아예 일도 나오지 말라고 했다네. 일단은 내일 아침에 상태를 살펴봐야지."

"그래. 방 씨, 자네가 잘 좀 다독여 보게. 그리고 사흘 후면 외출할 수 있으니 그때 같이 데리고 나가보는 게 좋을 것 같아."

"안 그래도 그럴 생각이었네."

방 씨는 가만히 고개를 끄덕였다. 방 씨의 옆자리에서 묵묵히 소면을 먹으며 이야기를 듣고 있던 사진량은 조심스레 말을 걸었다.

"저기… 방 씨 아저씨."

"응? 왜 그러나?"

"이번에 저도 같이 좀 외출을 나갈 수 있겠습니까?"

안 그래도 천뢰일가에 연락할 시기를 한참이나 놓친 사진량이었다. 자신으로선 딱히 연락을 하지 않아도 크게 상관은 없었지만 천뢰일가나 무림의 소식을 알아둘 필요가 있었다.

사진량의 말에 의외라는 듯 방 씨가 살짝 놀란 얼굴을 했다.

"장 씨, 자네가 웬 일인가?"

"계속 여기 갇혀 지내다 보니 답답하기도 하고… 그냥 바람이나 좀 쐴까 해서요."

"하긴, 자넨 지난번 외출 때도 안 나갔으니 당연하겠지. 알겠네. 자네도 외출 명단에 포함시키도록 하지."

"감사합니다, 방 씨 아저씨."

사진량은 순박한 미소를 지으며 꾸벅 감사의 인사를 했다.

그리고 사흘 후.

"다들 마음껏 즐기다가 세 시진 후에 여기서 만나는 걸로 하세나."

자신을 포함한 일꾼 이십 명과 함께 철혈가 내당을 나선 방 씨는 일행을 돌아보며 그렇게 말했다.

다들 기다렸다는 듯 저마다 꾸벅 인사를 하며 사방으로 빠르게 흩어졌다. 누구는 오랜만에 술을 마시기 위해 객잔으로 향했고, 어떤 이는 입맛을 다시며 곧장 홍등가로 내달렸다.

"그럼 잠시 뒤에 뵙겠습니다, 방 씨 아저씨."

마지막까지 남아 있던 사진량은 넙죽 인사를 한 뒤 종종걸음으로 사람들 사이를 파고들었다. 방 씨의 옆에는 사흘 전 공사 현장에서 달아나려다 간신히 목숨을 건진 일꾼이 고개를 푹 숙인 채 서 있었다. 방 씨는 자신의 옆에 선 일꾼을 흘낏 쳐다보며 말했다.

"자넨 나랑 함께 다니세. 오늘은 아무 생각 말고 실컷 즐기자고."

히죽 미소를 지으며 방 씨는 일꾼의 어깨에 손을 올리고는 어딘가로 걸음을 옮기기 시작했다.

*　　　*　　　*

푸드득!

홍영의 팔뚝에 앉아 있던 수리매가 낮게 회를 치며 허공으로 날아갔다. 홍영은 하늘 높이 날아오르는 수리매를 한 차례 흘끗 보더니 이내 둥글게 말려 있는 서신을 펼쳤다. 천뢰일가로부터의 서신이었다.

"흐음, 천뢰일가에서 보낸 서신이라……."

심상치 않은 내용을 담고 있음은 익히 짐작할 수 있었다. 홍영은 고개를 들어 다시 한 번 주위에 아무도 없다는 것을 확인한 후에 서신을 읽기 시작했다.

"허어! 이런 황당한 소릴 지금 믿으라는 건가?"

서신의 절반 정도를 읽은 홍영이 황당하다는 얼굴로 저도 모르게 낮게 내뱉었다.

하지만 천뢰일가의 가주가 보낸 서신이었다. 게다가 최근 몇 달 사이에 벌어진 사건들―천의문의 멸문 사태나 소림, 화산에서 벌어진 일들―을 생각하면 마냥 황당무계한 일만은 아닐지도 모른다.

홍영은 개방도를 동원해 최근 중원 전역에서 벌어지는 크고 작은 지진에 대해 조사를 해봐야겠다는 생각을 하며 서신의 나머지 부분을 읽었다. 마지막 부분에는 개인적인 부탁이 쓰여 있었다.

가만히 서신을 모두 읽은 홍영은 삼매진화의 수법으로 화기를 끌어 올려 서신을 불태웠다.

화르륵!

순식간에 불타 버린 서신의 재를 허공에 살짝 털어내며 홍영은 조용히 중얼거렸다.

"이거야 원, 천뢰일가주께서 이리 어려운 부탁을 해올 줄이야. 하지만 어쩔 수 없지. 무턱대고 제자 놈을 맡겨둔 터이니 어떻게든 알아보는 수밖에. 혹시라도 가주가 원하는 것을 찾게 되면 천뢰일가에 큰 빚을 지는 셈이니 밑지는 장사는 아니로군그래."

말을 마친 홍영은 가까운 개방 분타를 찾아 걸음을 옮기기 시작했다.

타타탓!

第八章

폭주

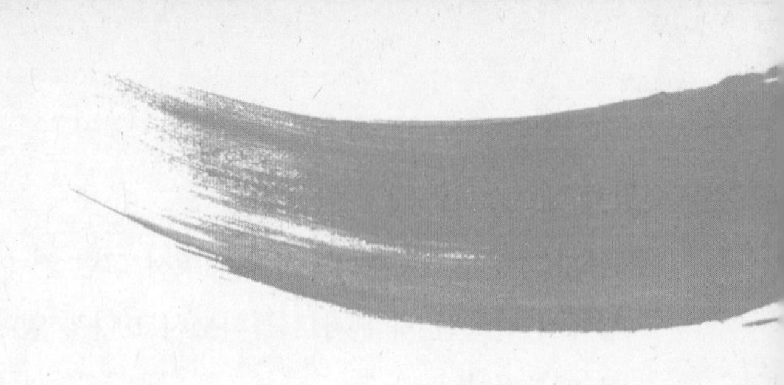

"요즘 가주님 성격이 좀 변한 것 같지 않나?"

"자네도 그렇게 생각하나? 하긴, 좀 변하시긴 변하셨지. 예전엔 안 그러셨는데 말이야."

짙은 어둠이 내려앉은 깊은 밤.

담벼락 옆에 선 두 철혈가의 무인이 조용히 대화를 나누고 있었다. 심야 경계 근무를 두 시진이나 서야 하는 터라 마침 무료하던 차에 두 사람은 조심스레 목소리를 낮추며 조용히 말했다.

"난 혹시나 신경 거스를까 싶어서 가까이 가기도 좀 꺼려지더라고."

"다 천뢰일가에 무슨 일이 있어서 그런 거 아니겠나. 가주님께서 변하신 게 본가로 돌아오시고 나서 얼마 지나지 않았을 때부터이니……."

"가주님께서 돌아오신 지 한 보름 정도 지난 후였던가? 그렇지 아마?"

"그래, 그 즈음이었던 것 같군. 돌아오신 직후에는 무슨 일이 있었던 건지 거의 칩거하셨었지."

"거, 십수 년은 갑자기 확 늙은 것 같아 보이셨지. 천뢰일가에서 무슨 일이 있었다는 풍문은 있었지만 뭐, 자세한 내용은 알 수 없었으니……."

"여튼 잡담은 여기까지 하자고. 괜히 이런 얘기하다가 웃어른들 귀에 들어갔다간 크게 치도곤당할 테니."

"그, 그렇지 참! 아직 교대 시간은 안 됐지?"

처음 말을 걸었던 무인이 살짝 불안한 얼굴로 주위를 두리번거렸다.

어둠 속에서는 아무런 인기척도 느껴지지 않았다. 주위에 아무도 없다는 것을 확인한 무인은 나직이 안도의 한숨을 내쉬었다.

하지만 아니었다. 사진량이 어둠 속에 은신을 한 채 가만히 두 사람의 이야기를 듣고 있었다. 은밀히 일꾼들의 숙소를 빠져나와 가주전으로 향하던 사진량의 귓가에 두 사람의 대화가 들려왔다. 가주인 곡상천에 대한 이야기를 하는 중이라 혹시 새로운 정보를 얻을 수 있을지 몰라서 걸음을 멈춘 사진량이었다.

들려온 대화로 곡상천의 변화에 대한 몇 가지 추측을 할 수 있었다.

내공의 금제를 당한 채 곡상천이 철혈가로 돌아온 지 보름 후부터 주위에서 변화를 알아챘다는 것은 최소한 그보다 닷새 전에 금제를 해결했다는 뜻이었다. 자신이 건 내공의 금제를 풀려면 특수한 점혈법을 사용하거나 반 갑자 이상의 내공 증진 효과가 있는 영약을 복용한 것일 터. 성격과 내공의 질이 변한 것으로 보아 마도의 수법으로 제조된 영약을 복용한 것이 거의 확실했다.

마도의 영약이라면 곡상천이 내공의 금제를 푼 것이나, 내공의 질이 급변한 것, 그리고 성격마저 폭급하게 변한 게 모두 설명이 가능했다.

마도의 영약은 처음에는 내공을 늘려주지만, 내공을 사용하면 할수록 마기에 물들어간다. 그러다 종국에는 모든 내공이 마기에 물들어, 총 세 번의 폭주를 하게 된다. 본신의 내공이 강하다면 폭주하기까지의 시간이 늦춰지긴 하지만 그래봤자 결과는 같았다.

주위에서도 쉽게 눈치챌 수 있을 정도로 성격이 변화하면 폭주까지는 그리 멀지 않은 일일 것이다. 빠르면 두 달, 늦어도 석 달 안에 한 차례 폭주를 할 것이 뻔했다. 일차 폭주로 피를 취하고 나면 내공의 질이 더욱 마공에 가까워지고, 점점 이지를 잃어 완전한 마인이 되고 만다.

지금까지의 상황으로 보아 곡상천은 자신이 마도에 이용당하고 있다는 생각은 조금도 없는 것 같았다. 오히려 자신이 마도를 이용하고 있다는 생각 중일 것이다.

'최대한 빨리 증거를 잡고 해결해야겠군.'

최악의 상황이 닥치기 전에 곡상천이 마도와 내통했다는 증거를 잡아 처리해야 했다. 폭주하기 전에 막지 못한다면 큰 비극이 생길 것이 뻔했다.

아랫입술을 살짝 깨문 사진량은 이내 자취를 지우고 걸음을 옮기기 시작했다. 이틀 전 내당을 은밀히 둘러보던 중, 유독 경계가 삼엄한 구역을 발견했다. 가주전에서 동남쪽으로 약 오십 장 정도 떨어진 곳에 있는 이 층짜리 작은 건물이었다.

안 그래도 눈여겨보고 있었지만 워낙에 경계가 삼엄해 쉽사리 접근할 수 없었다. 일 장 간격으로 철혈가 무인들이 빼곡하게 주위를 둘러싸고 있는 데다, 곡상천이 자주 들르는 곳이라 잠입할 기회를 잡기 힘들었다.

가끔씩 늦은 밤이나 이른 새벽에 곡상천이 들어가고 나면 미세한 진동과 내공의 폭발이 느껴졌다. 경계를 서고 있는 무인들의 이야기를 엿들은 결과, 본래 있던 연무장을 개조해 두꺼운 벽과 지붕을 쌓은 것이라고 했다.

따로 폐관수련장이 있는데도 외벽을 덮은 것이나, 철저한 경계를 세우는 것이 수상쩍기 짝이 없었다. 게다가 개조된 연무장을 드나드는 것은 오직 가주인 곡상천뿐이었으니.

"으하아암!"

잠영은신을 펼친 채 조심스레 다가가는 사진량의 귓가에 누군가가 하품을 하는 소리가 들려왔다. 길게 드리워진 어둠 속에 모습을 감춘 채 사진량은 가만히 주위를 살폈다.

수많은 무인이 둘씩 짝을 이뤄 연무장 주위를 경계하고 있었다. 늦은 밤이라 다들 지친 듯 연신 하품을 하는 무인들도 많았다.

사진량은 그 자리에 멈춰 선 채로 잠입해 들어갈 기회를 노렸다. 건물의 그림자가 길게 드리워진 사이를 통해 안으로 들어가야 할 것이다.

"이제 곧 교대 시간이라고. 조금만 더 버티세."

"그나저나 가주님께서는 언제 나오시는 거야? 벌써 들어가신 지 두 시진이 넘지 않았나?"

"허어! 괜히 그런 것에 관심 가지지 말라고. 안 그래도 요즘 가주님이 많이 곤두서 있는 것 같으니까."

"그렇기는 한데… 궁금하지 않나? 가주님께서 저기 들어가신 후에는 항상 바닥이 진동하고 희미한 충격파가 생기곤 하잖나."

"무슨 무공 수련이라도 하시는 게지."

"그건 그렇겠지만… 이상한 점이 한두 가지가 아니지 않나. 가주님께서 나오실 때면 미묘하게 신경이 곤두서 계시기도 하고……."

"거기까지. 가주님께서 듣기라도 한다면 크게 치도곤을 당할 걸세. 조심해."

낮은 경고에 하품을 하던 무인은 움찔하며 어깨를 움츠리고는 다급히 뒤를 돌아보았다. 다행히 아무런 인기척도 느껴지지 않았다. 나직이 안도의 한숨을 내쉬며 하품을 하던 무인은 한 손으로 가슴을 쓸어내렸다.

그 순간 어디선가 미약한 바람이 불어와 머리칼을 흩날렸다.

갑자기 불어온 바람에 하품한 무인은 고개를 갸웃했다. 잠시 고개를 돌린 짧은 순간 은신해 있던 사진량이 그 옆을 스쳐 지나간 것이다. 하지만 하품을 한 무인이나, 그 옆의 무인은 사진량이 다가온 것을 조금도 눈치채지 못했다.

'일단은 경계망 안으로 들어오긴 했지만…….'

사진량은 최대한 기척을 지우며 천천히 연무장으로 다가갔다. 연무장에 곡상천이 있다는 얘기에 그냥 숙소로 돌아갈까 싶었지만, 경계 서는 무인의 빈틈이 보이자 저도 모르게 다가와 버렸다.

쿵! 쿠쿵!

두꺼운 외벽을 세운 연무장에 다가가자 낮은 진동이 전해졌다. 곡상천이 연무장 안에서 무공을 펼치고 있는 것 같았다.

하지만 무언가 이상했다. 분명 곡상천 혼자 있어야 할 연무장 내부에서 격렬하게 움직이는 기이한 기운 십여 개가 함께 느껴졌다. 사진량은 고개를 갸웃하며 연무장 입구에서 걸음을 멈췄다.

'뭐지? 이 기운은……? 분명 어디선가…….'

어쩐지 익숙한 느낌이 드는 기괴한 기운이었다.

게다가 격렬하게 움직이는 십여 개의 기운 말고도 비슷한 느낌을 주는 기운 이십여 개가 더 느껴졌다. 이십여 개의 기운은 조금의 움직임도 없이 그 자리에 가만히 있는 것 같았다.

이상한 일이었다. 살아 있는 사람이라면 약간의 움직임이라도 느껴져야 했다. 하지만 움직이지 않는 이십여 개의 기운은 마치 돌처럼 가만히 있었다.

순간 번뜩하고 한 가지 생각이 사진량의 뇌리를 스쳤다. 왠지 모를 익숙함이 느껴지는 기운의 정체를 깨달은 것이다.

혈천강시.

냉혈가에서 모두 부숴 버렸다고 생각한 혈천강시의 기운이었다. 냉혈가에서 제조된 것 중 일부가 남은 것인지, 아니면 철혈가에서 직접 제조된 것인지는 모르지만 혈천강시가 확실했다.

곡상천이 마도와 손을 잡았다는 분명한 증거였다. 하지만 직접 확인해 봐야 했다.

사진량은 날카로운 눈빛을 번뜩이며 주위를 살폈다. 연무장은 굳게 잠겨 있었다. 게다가 곡상천이 안에 있으니 몰래 숨어들어 가기 힘들었다. 곡상천의 내공이 늘어 잠영은신을 들킬 가능성이 높았다.

잠시 고민하던 사진량은 아쉬움을 뒤로하고 천천히 돌아섰다. 굳이 지금 무리를 해서 몰래 들어갈 필요는 없었다. 증거를 잡았으니 조만간 확실한 기회를 잡아 혈천강시의 존재를 확인하면 될 일이었다.

돌아선 사진량이 숙소를 향해 걸음을 옮기려는 찰나.

쿠구구! 구궁!

낮은 진동과 함께 연무장의 두꺼운 돌문이 천천히 열리기 시작했다.

사진량은 다급히 어둠 속에 몸을 숨기고는 자취를 완전히 지웠다. 극한으로 펼친 잠영은신으로 사진량의 신형은 어둠 속에 완전히 녹아들었다.

이윽고 문이 열리고 누군가 걸어 나오는 발소리가 들려왔다.

저벅! 저벅!

사진량은 어둠 속에서 가만히 숨을 죽인 채 연무장 입구를 쳐다보았다. 이내 열린 문 사이로 누군가의 그림자가 길게 드리워졌다. 모습을 드러낸 것은 역시나 곡상천이었다.

"후우우……!"

거친 입김을 뿜어내는 곡상천의 눈빛은 시뻘겋게 물들어 있었다. 토해내는 입김은 보통의 흰 색이 아닌 재 가루가 섞인 듯 시커멓기만 했다. 누가 보았다면 절로 어깨를 떨며 뒷걸음질 치거나 그 자리에 주저앉아 버릴 정도로 서슬 퍼런 기운을 온몸으로 뿜어내고 있었다.

'확실히 변해가고 있군. 조만간 일차 폭주가 시작될지도 몰라.'

어둠 속에서 가만히 곡상천을 뚫어져라 쳐다보며 사진량은 속으로 나직이 중얼거렸다.

곡상천은 천천히 연무장 밖으로 나왔다. 사진량과의 거리는 채 일 장도 되지 않았지만 곡상천은 전혀 눈치채지 못했다. 잠영은신을 극한으로 펼치고 있기도 했지만, 애초에 곡상천의 시뻘건 눈빛에는 이지가 사라져 있었다. 그저 반사적으로 연무장 밖으로 걸어 나가고 있는 것 같았다.

하지만 방심은 금물이었다. 사진량은 그 자리에서 꼼짝도 하지 않고 호흡도 거의 멈춘 채 가만히 곡상천을 지켜보았다. 곡상천은 연무장 입구를 반쯤 열어놓은 채 천천히 걸어 나갔다.

딸랑!

열 걸음 정도 걸어간 곡상천이 오른손을 살짝 허공에 떨치자 낮은 방울 소리가 터져 나왔다. 동시에 연무장 안에서 십여 개의 기괴한 기운이 빠르게 움직였다가 한자리에서 멈췄다.

곡상천이 다시 한 번 손짓하자 연무장의 입구가 천천히 닫히기 시작했다.

쿠구구!

곡상천은 허공에 떨친 손을 거두고 다시 걸음을 옮기기 시작했다.

잠시 고민하던 사진량은 흘깃 곡상천을 보다가 이내 굳은 얼굴로 천천히 연무장을 향해 다가가기 시작했다. 다행히 곡상천은 그저 천천히 걸음을 옮길 뿐, 별다른 변화는 보이지 않았다.

사진량은 그대로 연무장 안으로 몸을 날렸다.

쿠쿵!

사진량이 막 안으로 들어선 순간, 연무장의 입구가 완전히 닫혔다. 주위에는 빛이 한 줄기도 없이 어둠만 가득했다.

사진량은 그 자리에서 숨을 죽이고 어둠 속에 가만히 몸을 숨겼다. 혹시라도 곡상천이 자신의 기척을 느끼고 다시 돌아올 수도 있는 노릇이었으니.

반각이 지나고 아무런 기척이 느껴지지 않자 사진량은 그제야 잠영은신을 풀고 천천히 몸을 일으켰다. 내공을 끌어 올리며 안력을 높이자 연무장 주위의 모습이 서서히 밝게 보이기 시작했다.

곡상천이 무공 수련을 험하게 한 것인지 연무장은 여기저기 부서지고 움푹 팬 자국이 가득했다.

가만히 주위를 둘러보는 사진량의 머릿속에 곡상천의 움직임이 선명하게 그려졌다. 그러다 문득 사진량의 시선이 연무장 한쪽 구석에서 멈췄다.

연무장의 두꺼운 벽에 기댄 채 가지런히 늘어 서 있는 삼십여 개의 인형이 눈에 들어온 탓이었다. 사진량의 얼굴이 순식간에 굳었다. 잿빛 피부를 하고 가만히 눈을 감고 있는 것이 혈천강시임에 틀림없었다.

"역시……!"

사진량은 낮게 신음하며 혈천강시를 향해 천천히 다가갔다.

연무장의 상태로 보아 곡상천은 혈천강시를 상대로 무공 수련을 하고 있는 것으로 보였다. 그렇다는 것은 곡상천이 어느 정도 혈천강시를 세밀하게 조종할 수 있는 수단이 있다는 뜻이었다. 아마도 곡상천이 연무장을 나갈 때 난 작은 방울 소리가 혈천강시를 조종할 때에 쓰이는 것이 아닌가, 하는 생각이 들었다.

벽에 기대어 늘어선 혈천강시에게 다가간 사진량은 내공을 끌어 올리며 그대로 손을 뻗었다. 혈천강시의 가슴에 손을 가져다 댄 사진량은 내부 파괴를 위한 침투경(浸透勁)을 주입했다.

드득! 드드드득!

사진량의 침투경이 혈천강시의 몸속을 맴돌자 가죽 북을 두드리는 소리가 터져 나왔다. 혈천강시의 몸이 금방이라도 터져 나갈 듯 크게 부풀어 올랐다. 사진량은 멈추지 않고 내공을 주입했다.

퍼펑!

이내 낮은 폭음과 함께 혈천강시의 내부가 폭발하며 감긴 눈이 번쩍 떠졌다. 얼굴의 칠공에서 진득하게 반쯤 굳은 피가 흘러나오기 시작했다. 강맹한 내공으로 내부 장기를 파괴한 것이라 겉으로는 크게 티가 나지 않았다. 하지만 아무리 단단한 혈천강시라 해도 오장육부가 파괴되었으니 움직일 수 없었다.

사진량은 뒤이어 바로 옆에 있는 혈천강시를 향해 손을 가져다 댔다. 생각 같아선 완전히 가루가 되도록 박살 내버리고 싶었지만, 혈천강시는 곡상천이 마도와 내통을 하고 있다는 물적 증거였다. 때문에 움직이지 못하도록 내부만 파괴해야 했다.

슈르륵!

그렇게 사진량이 절반 정도의 혈천강시의 내부를 파괴했을 때였다. 귓가에 들려오는 이상한 소리에 사진량이 고개를 돌렸다.

순간 사진량의 눈에 들어온 것은 내부가 파괴된 혈천강시의 흐르던 피가 기화해 다시 몸속으로 빨려 들어가는 모습이었다.

"뭐, 뭐지?"

다급히 다가간 사진량이 피를 빨아들인 혈천강시를 향해 손을 뻗었다. 맨 처음 내부 장기를 박살 낸 혈천강시였다.

혈천강시에 손을 가져다 댄 사진량의 눈썹이 꿈틀했다. 분명 침투경으로 완전히 박살 내버린 오장육부가 어느새 회복되어 있었다.

"이런……!"

곡상천은 반쯤 넋이 나간 채로 천천히 걸음을 옮기고 있었다. 누구도 곡상천에게 말을 걸거나, 앞을 가로막지 않았다.

며칠 전 연무장에서 나오는 곡상천에게 말을 걸었다가 비명 한 번 지르지 못하고 참살당한 내원 무인이 여럿 있었다. 그 후로부터 내원 무인들은 임시 연무장 주위의 경계를 철저히 하면서도 안에서 나오는 곡상천의 눈에 띄지 않도록 애썼다. 괜스레 막 밖으로 나오는 곡상천의 눈에 보였다가는 최소한 반신불수가 되기 일쑤였으니.

연무를 마치고 난 후, 시간이 좀 지나면 평상시의 모습으로 돌아오긴 하지만 그때를 가늠할 수 없으니 곡상천을 피하려 했다.

"후우, 후우우……!"

곡상천은 거친 숨을 몰아쉬며 본능적으로 가주전을 향해 걸음을 옮기고 있었다. 시뻘겋게 달아오른 눈동자는 마치 먹잇감을 찾는 맹수의 눈빛 같았다.

가주전이 가까워질수록 곡상천의 눈에서 붉은빛이 점점 사라졌다. 가주전의 입구에 닿을 무렵에는 붉은빛은 온데간데

없이 사라지고 본래의 눈빛으로 돌아왔다. 입김을 뿜어내며 거칠게 내쉬던 호흡도 차분해졌다.

"이제 오십니까, 가주님."

다가오는 곡상천의 분위기가 바뀐 것을 감지한 가주전의 경계 무인은 조심스레 포권을 취하며 고개를 숙였다. 곡상천은 손을 들어 대충 대꾸했다.

"으음, 수고가 많군."

그대로 가주전으로 들어가려던 곡상천은 문득 걸음을 멈췄다. 갑자기 품속에 넣어둔 방울이 미세하게 떨린 탓이었다.

그 자리에 멈춰 선 곡상천은 작은 방울을 꺼내 들었다. 삼십이영이 철혈강시를 조종하는 데에 쓰라며 준 방울이었다. 내공을 주입해 의념을 실어 방울을 흔들면 곡상천이 원하는 대로 혈천강시를 움직일 수 있었다. 내공을 주입하지 않으면 무슨 짓을 해도 절대 소리를 내지 않는 방울이었다.

그런데 지금 곡상천의 손바닥에 놓여 있는 방울이 미세한 소리를 내며 바르르 떨리고 있었다.

"이게 무슨……?"

처음 보는 기현상에 곡상천이 고개를 갸웃했다. 그러다 퍼뜩 혈천강시에게 무슨 일이 생긴 건 아닌가, 하는 생각이 들었다. 그렇지 않다면 방울이 이런 반응을 보일 이유가 없었다.

"왜 그러십니까, 가주?"

그 자리에 멈춰선 곡상천의 표정을 살피던 무인이 조심스레 물었다. 곡상천은 아무런 대답도 하지 않고 가만히 방울을 쳐다보았다. 이내 방울을 다시 품속에 갈무리한 곡상천은 그대로 휙 돌아서서 다시 연무장을 향해 걸음을 옮기기 시작했다.

"이런! 완전히 녹여 버린 내장이 다시 재생하다니……!"

믿기지 않는 일이었다. 사진량은 다시 한 번 혈천강시의 내부를 파괴했다.

이번에는 침투경으로 완전히 녹여 버리는 것이 아니라 혈맥의 일부가 끊어질 정도로만 내공을 주입했다. 약하게 했다고는 하지만 보통 사람이었다면 피를 토하고 그 자리에 쓰러져 버릴 정도의 수준이었다.

당연히 혈천강시는 조금의 미동도 없었다. 사진량은 날카로운 눈빛으로 혈천강시의 변화를 살폈다.

슈르륵! 쿠르륵!

이내 혈맥이 끊겨 얼굴에서 흐르던 피가 붉은 안개로 변해 다시 몸속으로 빨려 들어갔다. 끊어진 혈맥이 이어지며 근육이 경련했다.

어느새 혈천강시의 손상된 내장은 원래대로 회복되고 끊어진 혈맥도 제대로 이어졌다. 채 반각도 지나기 전에 혈천강시는 원래대로 완전히 회복되어 버렸다.

"완전히 가루로 만들어 버려야 하는 건가……?"

사진량은 낭패라는 듯 나직이 중얼거렸다. 본신의 내공을 발휘한다면 못할 것도 없었지만 지금 이 자리에서 그럴 수는 없는 노릇이었다.

"아니, 잠깐……!"

문득 다른 생각이 들었다. 차라리 큰 소동을 일으켜 혈천강시를 철혈가의 많은 가인에게 목격당하게 하는 것이 더 나을지도 모른다. 아무리 곡상천이 철혈가의 가주라 한들 수십, 수백 개의 입을 완전히 틀어막을 수는 없을 테니.

게다가 지금 내당에는 철혈가의 가인들만이 아니라 외부의 일꾼들도 상당수였다. 가인들의 입단속은 어찌어찌한다고 해도 외부 일꾼들까지는 쉽지 않을 것이다. 입막음을 위해 일꾼들 모두를 몰살시키지 않는 한에는 말이다.

"좋아, 그러면……."

결정을 내린 사진량이 나직이 중얼거리며 내공을 끌어 올렸다. 사진량이 막 내공 가득한 손으로 혈천강시를 내려치려는 순간!

쿠궁!

등 뒤에서 들려온 낮은 울림에 사진량은 낮게 혀를 차며 다급히 잠영은신을 펼치며 어둠 속으로 몸을 날렸다.

"이런!"

사진량은 순식간에 자취를 지우고 어둠 속에 녹아들었다. 사진량의 기척이 완전히 사라진 순간, 연무장의 입구가 천천히 열리고 누군가 안으로 들어왔다. 곡상천이었다.

사진량은 호흡도 거의 하지 않고 가만히 입구에 선 곡상천을 쳐다보았다. 연무장 안으로 들어선 곡상천은 곧장 혈천강시가 늘어서 있는 구석으로 다가왔다. 조금 전 자신이 연무장을 나설 때와 별반 다름없는 모습이었다.

"착각이었나?"

나직이 중얼거리며 곡상천은 품속에서 작은 방울을 꺼내 들었다. 조금 전 가주전 앞에서 보았을 때와는 달리 방울은 전혀 미동도 않고 있었다.

곡상천은 방울을 손끝으로 잡고 내공을 주입하며 살짝 흔들었다.

딸랑!

맑은 방울 소리가 조용히 주위로 퍼져 나갔다. 벽에 기댄 채 눈을 감고 있던 혈천강시들의 눈이 번쩍 떠졌다. 그리고 일제히 한 걸음 앞으로 나섰다.

처척!

혈천강시 서른둘의 움직임은 거의 한 몸이 된 것처럼 한 치의 오차도 없어 보였다. 하지만 아니었다. 혈천강시 하나의 움직임이 미묘하게 늦었다. 곡상천이 아니었다면 아무도 눈치채지 못할 정도로 미묘한 움직임의 차이였다.

곡상천의 한쪽 눈썹이 치켜 올라갔다. 가만히 혈천강시들을 쏘아보던 곡상천이 천천히 다가갔다. 조금 전 움직임이 미세하게 느렸던 혈천강시 앞에서 멈춰 선 곡상천이 손을 뻗었다.

분명 자신과의 비무로 인한 손상은 충분히 회복되고도 남았을 시간이었다. 그런데 혈천강시의 혈맥이 미세하게 끊어져 있었다. 게다가 내장의 일부가 터져 나갔다가 회복되고 있는 것이 감지되었다. 완성된 혈천강시의 재생력이 갑자기 떨어질 이유는 없었다.

그렇다는 것은…….

"감히 누가……!"

곡상천은 으득 이를 깨물며 내공을 끌어 올려 감각을 넓게 퍼뜨렸다. 혈천강시의 상태로 보아 자신이 연무장을 나서서 가주전으로 돌아가는 사이 누군가 잠입한 것이 틀림없었다. 연무장 주위를 둘러싼 철통같은 경계를 뚫고 은밀히 잠입할 수 있는 자는 그리 많지 않다.

문득 곡상천의 머릿속에 항상 예상치 못한 때에 찾아오곤

했던 삼십이영의 목소리가 떠올랐다. 굳은 곡상천의 얼굴이 살짝 펴지고 입꼬리가 말려 올라갔다. 내공을 거둔 곡상천은 천천히 입을 열었다.

"날 찾아온 것이라면 가주전에서 기다릴 것이지. 어서 모습을 드러내라."

곡상천의 낮은 음성이 연무장을 뒤흔들었다. 하지만 예상과는 달리 아무런 인기척도 느껴지지 않았다. 삼십이영이었다면 기이한 웃음을 흘리며 곡상천의 등 뒤에서 모습을 드러냈을 터였다.

곡상천은 고개를 갸웃하며 다시 말했다.

"장난이 지나치군. 빨리 나오라고 하지 않았던가?"

조금은 짜증이 섞인 음성이었다. 하지만 여전히 아무런 인기척도 느껴지지 않았다.

곡상천의 얼굴이 왈칵 일그러졌다. 아무래도 삼십이영이 아닌 것 같았다. 그렇다면 침입자가 있다는 뜻이었다.

곡상천은 품속에서 방울을 꺼내 내공을 주입하며 흔들었다.

딸랑!

방울 소리가 퍼져 나가자 혈천강시가 사방으로 흩어졌다. 곡상천이 방울을 흔들며 버럭 소리쳤다.

"지금 당장 쥐새끼를 찾아내라!"

곡상천의 외침과 동시에 혈천강시가 핏빛 기류를 사방으로 뿜어냈다. 핏빛 기류가 연무장 벽과 바닥에 닿자 마치 벽력탄이 터지는 것처럼 커다란 폭발이 연쇄적으로 이어졌다.

쾅! 콰쾅!

두꺼운 돌 벽이 폭발하며 파편이 사방으로 튀었다. 단단한 청석이 깔린 연무장 바닥은 깊이 패며 돌조각과 흙더미를 사방에 흩뿌렸다.

잠영은신을 펼쳐 어둠 속에 몸을 숨기고 있던 사진량은 질끈 입술을 깨물었다. 비산하는 돌 조각과 흙더미는 아무렇지도 않았지만, 그것들이 몸에 맞고 튕겨 나가는 것을 곡상천이 놓칠 리가 없었다.

'젠장! 어쩔 수 없군.'

사진량이 속으로 혀를 차며 잠영은신을 풀려 할 때였다. 파편이 튀는 것으로 사진량의 위치를 알게 된 곡상천이 버럭 소리치며 달려들었다. 혈천강시의 혈기가 폭발하기 시작한 지 찰나의 순간이었다.

"거기냐!"

곡상천은 망설임 없이 내공이 가득 담긴 주먹을 내질렀다. 혈천강시의 단단한 몸을 단숨에 부숴 버릴 수 있을 정도로 빠르고, 강렬한 내공이 담긴 주먹이었다.

급히 잠영은신을 푼 사진량은 내공을 끌어 올리며 뒤로 물러나려 했다. 하지만 순간 혈천강시의 혈기가 사진량의 배후를 덮쳤다.

콰쾅!

폭발의 파편과 반탄력이 사진량의 등을 후려쳤다. 사진량은 물러나지 못하고 그대로 곡상천의 주먹을 받아내야 했다. 어느새 곡상천의 주먹은 바로 코앞까지 닿아 있었다.

사진량은 급히 손을 들어 올리며 곡상천의 주먹을 막아냈다.

콰릉! 콰쾅!

곡상천의 주먹과 사진량의 팔이 부딪치자 마치 벼락이라도 떨어진 듯 엄청난 폭음이 터져 나왔다. 강한 반탄력에 사진량은 그대로 뒤로 죽 밀려나 연무장 벽에 등을 부딪쳤다. 하지만 곡상천의 공격은 그게 끝이 아니었다.

"네놈은 뭐냐!"

파파팍!

날카로운 외침과 함께 곡상천은 연이어 주먹을 내질렀다. 시뻘건 강기가 곡상천의 주먹에서 뻗어 나와 사진량을 향해 날아들었다. 빗발치는 강기 다발에도 사진량은 눈 하나 깜짝하지 않고 양손을 강기로 감싸 곡상천의 공격을 모두 튕겨냈다.

펑! 퍼퍼퍼펑!

튕겨 나간 곡상천의 강기가 주위에 흩어져 있는 혈천강시에게 날아들었다. 강기에 격타당한 혈천강시는 튕겨 나가 벽에 부딪치거나 바닥에 틀어박혔고, 곧 움직임이 멎었다. 회복력을 생각하면 금세 일어날 테지만, 순식간에 혈천강시 십여 체가 쓰러진 것은 곡상천이 그만큼 강하다는 방증이었다.

척!

허공에 있던 곡상천이 바닥에 착지했다. 사진량과 삼 장 정도 떨어진 곳이었다. 사진량을 노려보는 곡상천의 눈에는 조금씩 붉은빛이 더해지고 있었다.

곡상천의 입이 천천히 벌어졌다.

"뭐 하는 놈이냐고 물었다."

사진량은 강기를 쳐낸 손을 내리며 입꼬리를 살짝 말아 올렸다. 조금도 피해를 입은 것 같지 않는 사진량의 모습에 곡상천의 눈꼬리가 살짝 치켜 올라갔다. 사진량이 말했다.

"대뜸 공격부터 하고 나서 그런 걸 물어봤자 대답해 줄 사람이 있을까?"

평범하기 짝이 없는 얼굴에 비웃음을 담고 있는 사진량을 보자 곡상천의 표정이 왈칵 구겨졌다. 곡상천의 눈빛이 더욱 날카로워졌다. 그러다 문득 사진량의 표정이 무언가 어색해 보인다는 것을 눈치챘다.

"인피면구… 를 쓰고 있는 거냐?"

"호오? 어떻게 알아본 거지?"

곡상천의 말에 사진량은 아무렇지도 않다는 듯 조용히 반문했다. 대답을 하진 않았지만 상대가 인피면구를 쓰고 있다는 것을 시인한 거나 마찬가지였다.

곡상천은 칼날처럼 날카로운 눈빛으로 사진량을 노려보며 대꾸했다.

"내가 아는 놈이로군."

곡상천은 그렇게 확신했다. 자신을 마주한 사진량의 태도로 보아 틀림없다.

하지만 누구인지 짐작이 가지 않았다. 본신의 무공을 숨기고 있었지만 은은히 전해지는 기운으로 보아 삼십이영 같은 곳에서 보낸 자는 아니었다. 몰래 연무장에 잠입한 것도 그렇거니와 자신에게 보이는 태도로 보아 호의적인 인물이 아닌 것은 확실했다.

"글쎄……."

사진량은 말꼬리를 흐리며 피식 웃었다.

그 순간 곡상천의 몸에서 핏빛 기운이 폭발할 듯 치솟았다. 이전에 천뢰일가에서 보았을 때보다 훨씬 강한 기운이었다. 피부가 시큰거릴 정도로 강렬한 기운에 사진량의 눈꼬리가 살짝 꿈틀했다.

"감히 어느 안전이라고 여유 부리는 거냐!"

주위가 쩌렁쩌렁 울릴 정도로 엄청난 외침과 함께 곡상천은 그대로 허리춤의 검을 뽑아 들고는 사진량을 향해 달려들었다. 곡상천을 향한 사진량의 눈빛이 순간 날카롭게 빛났다.

쿠쿵! 쿠르릉!

연이어 터져 나오는 폭음으로 바닥이 진동했다. 마치 지진이라도 난 것처럼 심하게 흔들렸다. 연무장 주위의 경계를 서고 있던 내당 무인들은 크게 당황하지 않고 한 차례 흘낏 뒤를 돌아보았을 뿐이었다.

"흐음, 웬일로 가주님께서 다시 오시나 했는데 무공 수련에 푹 빠지셨나 보군."

"그러니 말일세. 아까보다 훨씬 격렬해지신 것 같은데 그래? 이거, 나오실 때에 좀 더 조심해야겠어. 무슨 일이 생길지 모르니 말이야."

"아예 가주님께서 나오실 때에는 입구 근처에 얼씬도 하지 않는 게 좋을 거 같아. 다른 녀석들에게도 그렇게 전해두자고. 괜히 가주님 눈에 띄어 큰일을 당하고 싶지 않으니 말이야."

"동감일세."

등 뒤의 연무장에서 전해지는 진동에 내당 무인들은 대수롭지 않다는 듯 말했다.

하지만 그럼에도 혹시나 곡상천이 언제 나올까 싶어 흘끗 뒤를 돌아보기 일쑤였다. 한 번 나갔다가 다시 돌아온 것이 조금 이상하기는 했지만 이전에도 그런 적이 몇 번 있던 터라 경계를 서고 있는 내당 무인들은 별다른 이상을 느끼지 못하고 있었다. 그저 곡상천의 변덕이 시작되었을 뿐이라는 생각을 하고 있을 뿐.

하지만 연무장 안에서는 내당 무인들의 생각과는 전혀 다른 상황이 펼쳐지고 있었다.

"쥐새끼 같은 놈! 언제까지 그렇게 피하기만 할 셈이냐?"

곡상천이 시뻘겋게 달아오르는 눈빛을 뿜어내며 낮게 소리쳤다. 어쩐지 목소리가 좀 더 거칠어진 곡상천이었다. 사진량은 나직이 숨을 내쉬며 대꾸했다.

"글쎄, 내가 어떻게 할지는 그쪽에 달린 것 같은데."

딱히 감정이 느껴지지 않는 무미건조한 말투였지만 곡상천은 사진량의 말이 자신을 놀리는 것처럼 느껴졌다.

왈칵 구겨진 얼굴로 곡상천은 품속의 방울을 꺼내 들었다. 내공을 주입해 방울을 흔들며 곡상천은 버럭 소리쳤다.

"어디 계속 피할 수 있는지 두고 보겠다. 모두 놈을 덮쳐라!"

딸랑!

맑은 방울 소리가 퍼져 나가자 주위에 흩어져 있던 혈천강시들이 일제히 사진량을 향해 달려들었다. 평소 자신과 비무를 하며 집단 전술을 철저히 숙지해 놓은 덕에 혈천강시 서른둘의 움직임은 마치 한 몸이 된 것처럼 유기적이었다.

사진량을 둥글게 포위한 혈천강시들의 핏빛 기운은 붉은 해일이 되어 사진량을 덮쳤다.

'이런……! 이건 피할 수 없겠는걸!'

속으로 혀를 차며 사진량은 내공을 끌어 올렸다. 곡상천 혼자라면 모를까 혈천강시까지 가세한 터라 더 이상은 내공을 감출 수 없었다.

사진량은 살짝 아랫입술을 깨물며 내공을 개방했다.

우우우웅!

낮은 진동이 사진량을 중심으로 퍼져 나갔다. 혈천강시의 뒤를 따라 막 사진량에게 달려들려던 곡상천의 눈썹이 순간 꿈틀했다. 엄청난 기운이 사진량의 몸에서 뿜어져 나오고 있었다.

하지만 곡상천이 놀란 것은 사진량의 강함 때문이 아니

었다. 사진량이 뿜어내는 내공이 너무도 익숙한 탓이었다. 곡상천이 멈칫한 사이 혈천강시들의 공격이 사진량을 덮쳤다.

콰릉! 콰광! 쿠콰콰쾅!

연이어 폭음이 터져 나왔다. 마치 작렬지옥 한복판에 있는 것처럼 터져 나오는 폭음에 귀가 얼얼할 지경이었다.

곡상천은 강기를 펼쳐 몸을 보호하며 사진량이 있던 폭발의 중심지를 뚫어져라 쳐다보았다. 안 그래도 어두운 데다 폭발로 인한 먼지가 가득해 제대로 보이지 않았다.

곡상천은 손을 한 차례 크게 휘저어 주위 가득한 먼지를 날려 보냈다. 이내 조금씩 주위가 보이기 시작했다.

"해치운 건가?"

곡상천은 눈앞의 광경에 나직이 중얼거렸다.

혈천강시 서른둘이 둥글게 뭉쳐져 있었다. 사진량을 향한 공격은 모두 격중당한 것 같았다. 자신도 열다섯 이상을 한꺼번에 상대하지 못하는 혈천강시였다. 그런 혈천강시 서른둘이 달려들었으니 아무리 사진량이라 해도 당해내지 못할 것이다.

곡상천의 입꼬리가 살짝 말려 올라갔다.

딸랑!

"모두 물러나라."

품속에서 방울을 꺼내 흔들며 곡상천은 나직이 중얼거렸다.

그런데 아무런 반응이 없었다. 방울 소리가 퍼져 나갔는데도 혈천강시는 꼼짝도 하지 않았다. 지금까지 이런 일은 한 번도 없었던 터라 곡상천의 눈빛이 살짝 당황으로 물들었다.

그때였다.

투둑! 투두두둑!

가죽 북을 두드리는 것 같은 소리가 갑자기 혈천강시에게서 터져 나왔다. 둥글게 뭉쳐 있던 혈천강시의 일부가 불쑥 솟아올랐다.

곡상천의 눈이 커졌다. 순간 폭발음이 터져 나오며 혈천강시가 하나둘 튕겨 나가기 시작했다.

쾅! 콰광!

튕겨 나간 혈천강시들은 그대로 바닥에 깊이 틀어박히거나 벽에 부딪치며 피 분수를 뿜어냈다. 그대로 축 늘어진 것으로 보아 내장이 심하게 상하고 혈맥이 끊어져 회복에 시간이 걸릴 것 같았다.

연이어 튕겨 나오는 혈천강시를 피하며 곡상천은 찢어져라 눈을 치켜떴다. 이내 곡상천의 눈에 가벼운 숨을 뱉어내는 사진량의 모습이 보였다.

"이제 직접 나서야 하지 않겠나?"

내공의 소모가 심했지만 사진량은 전혀 내색하지 않고 입꼬리를 말아 올렸다. 저도 모르게 어깨를 움찔한 곡상천이 소리쳤다.

"어, 어떻게 가주가 직접 여기 올 수 있었던 거지?"

사진량의 내공으로 이미 그의 정체를 짐작하고 있던 곡상천이었다. 하지만 천뢰일가의 가주인 사진량이 자리를 비우고 이 자리에 있다는 것을 믿을 수 없었다.

사진량은 가만히 곡상천을 쳐다보며 대꾸했다.

"이런… 벌써 눈치챈 건가?"

아무래도 내공을 완전 개방한 탓에 곡상천이 알게 된 것 같았다. 사진량은 나직이 혀를 차며 인피면구를 벗었다. 평범하기 짝이 없던 얼굴이 사라지고 사진량의 원래 얼굴이 드러났다.

사진량의 얼굴을 본 곡상천의 얼굴이 더욱 크게 일그러졌다.

"여, 역시……!"

뿌득, 이를 악무는 소리가 사진량의 귓가에 들려왔다. 사진량은 인피면구를 품속에 갈무리하며 조용히 입을 열었다.

"내가 어떻게 여기 있냐고 물었던가? 나라고 대역을 세우지 말란 법은 없지. 안 그런가?"

사진량의 말에 곡상천은 뒤통수를 한 대 얻어맞기라도 한 듯 한순간 멍한 얼굴이 되었다.

그러다 퍼뜩 정신을 차리고는 내공을 끌어 올렸다. 만약 이 자리에서 사진량을 쓰러뜨릴 수만 있다면 천뢰일가를 순식간에 집어삼킬 수 있을 거란 생각이 들었다. 조금 전 혈천강시가 모두 사진량에게 제압당한 것은 머릿속에서 까마득하게 사라져 버린 후였다.

곡상천은 내공을 끌어 올리며 입꼬리를 살짝 말아 올렸다. 어느샌가 곡상천의 눈자위가 모두 붉게 물들어 있었다.

"크크크……! 이런 기회를 놓칠 수는 없지. 오늘이 네놈의 제삿날이 될 것이다!"

버럭 소리치며 곡상천은 한 치의 망설임도 없이 그대로 사진량을 향해 달려들었다.

캉! 카캉!

날카로운 금속성이 연이어 터져 나왔다. 곡상천의 검과 사진량의 맨주먹이 부딪치는 것인데도 불꽃이 튀고, 금속성이 들려왔다.

사진량은 두 주먹에 강기를 두르고 곡상천의 공격을 튕겨 내고 있었다. 곡상천의 검술은 이전에 비해 훨씬 날카롭고 강력하게 다듬어져 있었다.

"크큭! 고작 이 정도였나, 가주? 실망이로군!"

비웃음 가득한 곡상천의 날카로운 음성이 터져 나왔다. 자신의 공격을 막아내기에 급급한 사진량의 모습에 곡상천은 진득한 살기를 뿜어내고 있었다.

곡상천의 공격은 숫자를 더할수록 강해졌다. 공격이 강해지면 강해질수록 곡상천의 눈빛은 더욱 짙은 혈기를 뿜어냈다.

'이제 곧 폭주할지도 모르겠군.'

곡상천의 공격을 튕겨내거나 받아 흘리며 사진량은 생각했다.

곡상천의 검에 실린 마기가 점점 짙어지고 있었다. 아직까지는 이성을 유지하고 있었지만 곧 골수가 마기에 잠식당할 것이다. 그 전에 정리를 하는 것이 나을 터였다. 폭주를 하게 되면 오로지 투쟁 본능만이 남아 무공이 급격하게 상승한 것 같은 효과를 불러오기 때문이었다.

안 그래도 사진량이 금제를 가할 때에 비해 상당한 내공 상승이 있었던 곡상천이었다. 곡상천 혼자라면 어렵지 않게 상대할 수 있었지만 만약 혈천강시가 몸을 회복해 같이 덤벼든다면 낭패를 볼 수도 있었다. 혈천강시에게 주된 공격을 맡기고 곡상천이 빈틈을 노리고 달려드는 전법을 쓴다면 꽤나 까다로울 것이다.

그렇게 생각한 사진량은 곧장 곡상천을 향해 몸을 날렸다.

파팟!

너무나도 빠른 움직임에 한순간 곡상천의 시야에서 사진량의 모습이 사라졌다. 움찔한 곡상천이 뒤로 한 걸음 물러났다.

그 순간 사진량의 모습이 번쩍하며 곡상천의 코앞에 나타났다. 그리고 동시에 사진량은 주먹을 내뻗었다.

푸콰콰!

엄청난 파공성이 사진량의 주먹에서 터져 나왔다. 곡상천은 다급히 강기 막을 펼치며 뒷걸음질 쳤다.

쾅! 콰쾅!

사진량의 주먹이 강기 막에 부딪쳐 폭발했다. 강렬한 반탄력에 곡상천은 뒤로 주룩 밀려나며 왈칵 피를 토해냈다.

"쿠, 쿨럭!"

강기 막으로도 사진량의 공격을 완전히 막아내지 못했다. 그만큼 사진량의 공격은 강맹하기 짝이 없었다. 암명환을 복용해 금제를 풀고 내공을 크게 증진시켰음에도 자신은 사진량의 상대가 되지 못한다는 것을 곡상천은 대번에 알 수 있었다.

곡상천의 얼굴이 흉하게 일그러졌다. 부러져라 이를 악문 곡상천은 내공을 극한으로 끌어 올렸다.

"비, 빌어먹을!"

눈빛으로 뿜어져 나오던 핏빛 기운이 곡상천의 온몸을 휘감았다. 동시에 품속의 방울이 저절로 진동해 울리기 시작했다.

피투성이가 되어 사방에 튕겨 나가 틀어박힌 혈천강시들이 빠르게 회복되기 시작했다. 하나둘 몸을 일으킨 혈천강시들이 일제히 사진량을 향해 달려들었다. 곡상천도 괴성을 토해내며 달려들었다.

이미 이런 상황이 벌어질 거라 예측하고 있던 사진량은 양손에 검결지를 뻗어내며 그대로 혈천강시를 향해 내리 그었다.

파파파팍!

날카로운 파공성과 함께 수십 수백여 개의 날카로운 강기 다발이 혈천강시를 향해 뻗어 나갔다. 강기를 예리한 실처럼 가늘게 뻗어낸 강기 다발은 혈천강시의 몸을 휘감았다. 단단하기 짝이 없는 혈천강시의 몸을 잘라낼 수는 없었지만 한순간 전투가 불가능할 정도의 피해는 입힐 수 있었다.

스칵! 스카칵!

피륙이 잘려 나가는 섬뜩한 소리가 연이어 터져 나왔다. 반쯤 굳은 진득한 피가 터져 나오고 잘린 살점이 사방으로 튀었다.

하지만 곡상천은 전혀 아무렇지도 않은 듯 곧장 사진량을 향해 달려들었다. 짙은 혈광을 뿜어내며 달려드는 곡상천의 눈에는 초점이 잡혀 있지 않았다.

"크아아악! 죽어라!"

오로지 살기로 가득 찬 곡상천의 날카로운 외침에 혈천강시들도 한순간 멈칫할 정도였다.

사진량은 쉬지 않고 검결지를 사방으로 휘두르며 몇 걸음 뒤로 물러났다. 그러면서도 혈천강시 열셋을 한꺼번에 무력화시켰다.

그 사이 강기 다발을 뚫은 곡상천의 검이 태산을 쪼갤 것 같은 맹렬한 기세로 사진량을 향해 날아들었다.

우르릉! 콰광!

핏빛 강기가 가득 담긴 곡상천의 검이 고막이 찢어질 듯 커다란 뇌성을 토해냈다. 곡상천의 눈빛에는 더 이상의 이성이 남아 있지 않았다. 오로지 사진량을 죽이겠다는 살심만이 가득할 뿐이었다. 검에 담긴 강기는 조금 전보다 훨씬 강력했다.

사진량은 뒤로 반보 물러나 천근추의 수법으로 두 다리를 지탱하고 양손의 검결지를 교차시키며 내공을 끌어 올렸다.

찰나의 순간, 곡상천의 핏빛 강기와 사진량의 검결지가 맞부딪쳤다.

그리고…….

콰릉! 콰콰콰콰쾅!

『고검독보』 7권에 계속…

이제부터 전자책은

이젠북

www.ezenbook.co.kr

새로운 세계가 열린다!

김재한 『성운을 먹는 자』 철백 『대무사』
니콜로 『마왕의 게임』 가프 『궁극의 쉐프』
이경영 『그라니트:용들의 땅』 문용신 『절대호위』
탁목조 『일곱 번째 달의 무르무르』 천지무천 『변혁 1990』
강성곤 『메이저리거』 SOKIN 『코더 이용호』

이름만 들어도 황홀할 정도의 별들의 향연!

이들의 "유료연재"가 시작됩니다!

검색창에 **이젠북**을 쳐보세요! ▼

초대형 24시 만화방

신간 100%, 샤워실, 흡연실, 수면실(침대석), 커플석, 세탁기 완비

▪ 시흥 정왕25시점 ▪

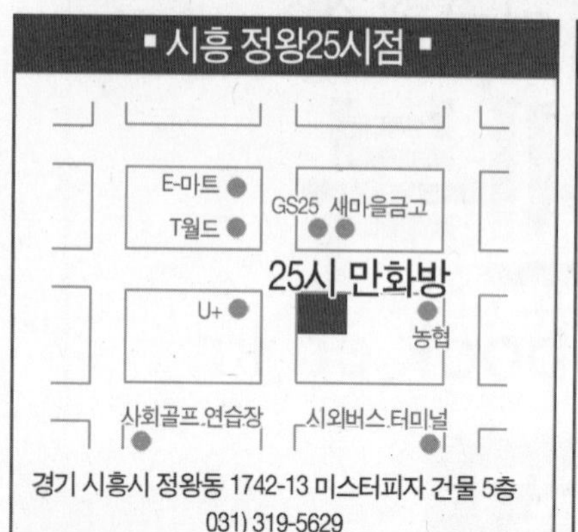

경기 시흥시 정왕동 1742-13 미스터피자 건물 5층
031) 319-5629

▪ 강북 노원역점 ▪

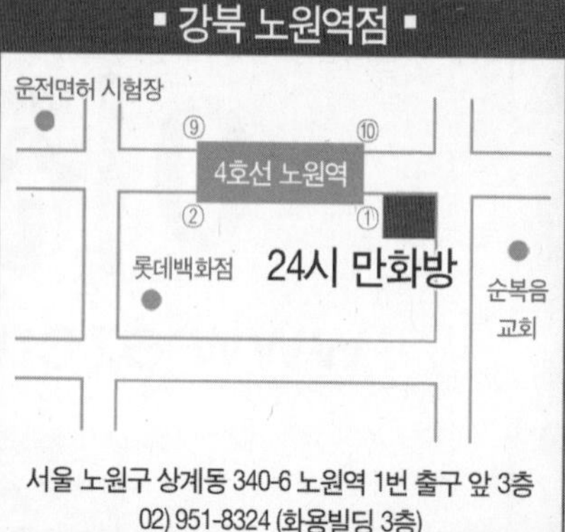

서울 노원구 상계동 340-6 노원역 1번 출구 앞 3층
02) 951-8324 (화용빌딩 3층)

▪ 일산 정발산역점 ▪

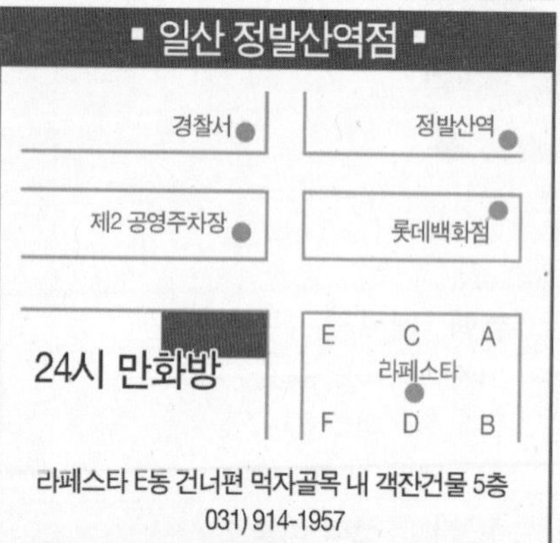

라페스타 E동 건너편 먹자골목 내 객잔건물 5층
031) 914-1957

▪ 일산 화정역점 ▪

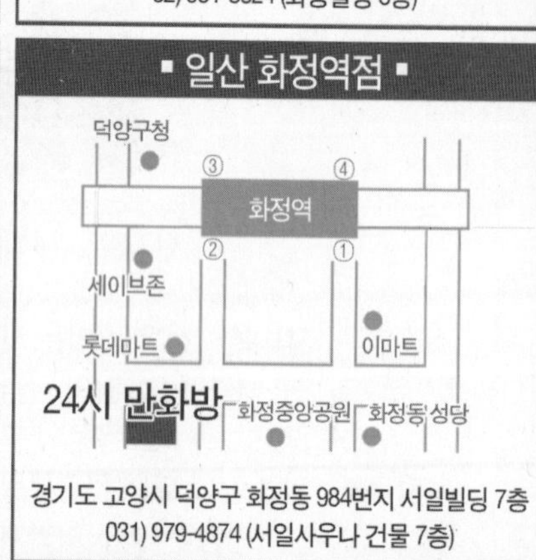

경기도 고양시 덕양구 화정동 984번지 서일빌딩 7층
031) 979-4874 (서일사우나 건물 7층)

▪ 부천 역곡역점 ▪

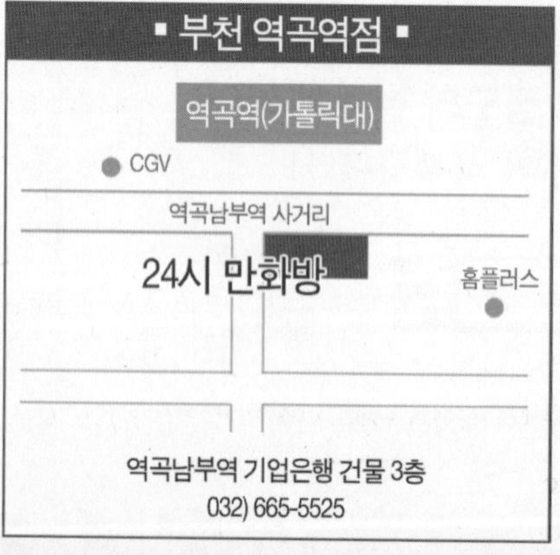

역곡남부역 기업은행 건물 3층
032) 665-5525

▪ 부평역점 ▪

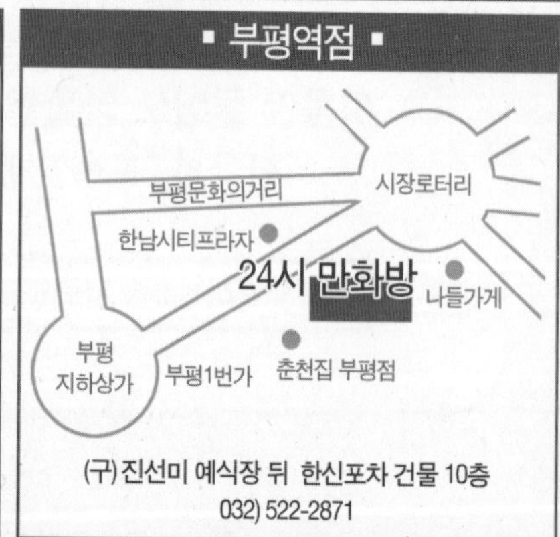

(구) 진선미 예식장 뒤 한신포차 건물 10층
032) 522-2871

GAME BALL

게임볼

설경구 장편 소설

FUSION FANTASTIC STORY

무명의 야구인이었던 남자,
우진이 펼치는 야구 감독으로서의 화려한 일대기!

『게임볼』

"이 멤버로 우승을 시키라고?"

가상 야구 게임,
게임볼을 통해 인생 역전을 꿈꾸는

한 남자의 뜨거운 행보에 주목하라!

Book Publishing CHUNGEORAM

유행이 아닌 자유추구 -
WWW.chungeoram.com

전생부터 다시

FUSION FANTASTIC STORY

홍성은 장편소설

죽음으로 모든 걸 끝내고 싶지 않아
인간으로 환생하게 된 대마법사, 로렌 하트.

그러나 알 수 없는 괴물의 등장으로 인해 인류가 멸망해 버리고
홀로 살아남은 그는
고독과 외로움에 다시 한 번 더 환생을 결심하는데……

하지만 현생을 반복하는 것만으로는 의미가 없다.
시간을 되돌려 대마법사가 되기 전의 시절로 되돌아갈 것이다!

대마법사 로렌 하트, 전생부터 다시 시작한다!

Book Publishing CHUNGEORAM

유행이 아닌 자유추구 -
www.chungeoram.com

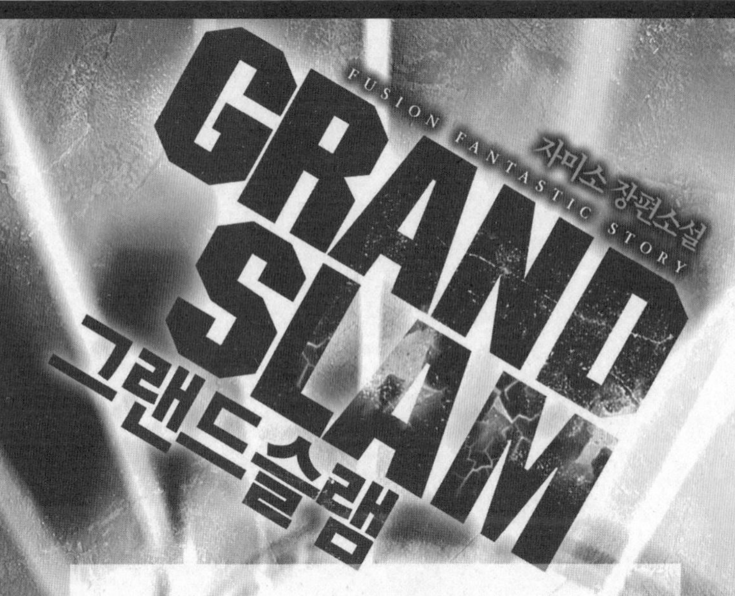

2016년의 대미를 장식할 최고의 스포츠 소설!!

Career record : 984W 26L
Career titles : 95
Highest ranking : No.1(387weeks)
Grand Slam Singles results : 23W
Paralympic medal record : Singles Gold(2012, 2016)

약 십 년여를 세계 최고로 군림한 천재 테니스 선수.
경기 내내 그의 몸을 지탱하고 있는 것은…… 휠체어였다.

『그랜드슬램』

휠체어 테니스계의 신, 이영석(32).
그는 정상의 자리에서도 끝없는 갈망에 사로잡혀 있었다.

"걷고 싶다, 뛰고 싶다. …날고 싶다!!"

뛸 수 없던 천재 테니스 선수
그에게, 날개가 달렸다!!!

Book Publishing CHUNGEORAM

유행이 아닌 자유추구 - www.chungeoram.com

FUSION FANTASTIC STORY

담덕사랑 장편소설

三國志

삼국지

더 비기닝

대한민국의 평범한 교생이었던 진수현.

갑작스러운 지진에 휘말려

간신히 몸을 피했다고 생각한 순간.

그의 눈에 보인 것은 고대 중국 후한시대,

피비린내 나는 전쟁터였다.

"어떻게든 살아남아야 한다!

그래야 돌아갈 수 있어!"

시간을 거슬러 거센 난세의 격랑 속에 빠져 버린 남자.

새로운 삶을 개척하는 그의 손에

대륙의 역사가 바뀐다!

Book Publishing CHUNGEORAM

유행이 아닌 자유추구

www.chungeoram.com